MP3

日本語 基本

吉松由美
田中陽子 ◎合著

1600

會話 生活、旅遊、交友
用這本就夠啦！

附贈 QR碼+MP3

Nihongo Ki
Honwa

在電梯遇到⋯⋯⋯⋯⋯⋯⋯化娃！
不用太難的日語，短短幾個字就能表達！

內容把吃喝玩樂喔一西 好吃 生活樂事一把抓，
就是要您日語快樂學習大滿貫！

K呆隨掃即聽的QR碼線上音檔及MP3 手機
耳朵熟悉聽、嘴巴習慣說，開口就是道地

山田社

前言

擁有日語會話力，

就擁有強韌的社會競爭力！

每天做點讓自己增值的事，

學習日語會話力增值！

如果您，

★　跟日本人開口說話，比登天還難！

★　一看到日本人，就緊張發抖！

★　認識日本新朋友，自我介紹後，就心慌得不知道說什麼！

★　跟日本朋友聚餐，聊沒兩句，就句點！

★　在電梯遇到日本人，打招呼後，就只能死盯著樓層數字，度秒如年！

★　想和日本人聊天，卻不知道要說些什麼！

告訴您，

　　能往上爬的，大多是能言善道，善於用日語溝通，而不一定是能力最好的那一個。接下來的時代，擁有日語會話力，就擁有強韌的社會競爭力。

　　擁有會話力的人，為什麼更容易成功？因為會話力可以營造一點友好、親切的氣氛，讓事情更圓滑地進行，更可以提升個人魅力。這樣人緣一好，機會就比別人多更多了。

　　學日語會話就要從快樂的事情開始，本書內容把吃喝玩樂等各項生活樂事一把抓，就是要您日語快樂學習大滿貫

● 本書特色

日本人天天都在使用的【54個句型＋1600句會話】一把抓！

　　精選日本人常用的54個句型，只要替換不同場景的單字，想說什麼，替換一下就可以！1600句日本人天天都在使用的會話，也是挑選日本人常用的基本句型，來替換不同場景的基本單字，以最簡單的句型就能變化多種句子，讀一句，就好像學了十句，讓您快速使用日語交談！

簡單句短短說！

　　書中精心設計了使用頻率較高的短短句，再加上沒有場面限

制，可以靈活運用的頻出54個句型，配合常用單字，讓忙碌的您能夠在短時間內迅速掌握一口流利、道地的日語。

快樂學習大滿貫！ ....

為您設身處地設計70個以上交友、生活、旅遊時的狀況場景，包含了食衣住行育樂等生活的各種樂事層面，超寫實、超有臨場感！無論走到哪裡都能在書中找到相對應的場景，馬上複習馬上用！

逗趣插圖脫口就說！ ....

一邊學一邊看，左右腦並用效果好！書中加入大量生動逗趣的插圖，幫助您想像真實場景。讓您自然而然瞭解使用情境，同時增加日文的語感喔！想都不用想就能脫口而出！

開口也能聊文化！ ....

本書內容新舊交融，圖文連結學習，除了利用日本插圖帶您回顧日本的傳統之美、穿梭時光隧道回到充滿風情的老日本，同時用這些內容開口流利聊文化！學日語也學文化，真划算啊！

耳朵聽習慣，嘴巴就能習慣說！ ....

要加強聽力，就要訓練您的嘴部肌肉，隨書附贈手機隨掃即聽的QR碼行動學習音檔及朗讀MP3，希望您跟著正統東京腔專業老師發音，這樣先讓耳朵熟悉日語，再讓嘴巴習慣說日語，不僅加快您的聽力反應，更不用害怕聽不懂。想說什麼不需多想，開口就是道地又流利的日語！

本書不只是生活、旅遊書，更不只是日語學習書，而是能夠學習日本文化同時活用日語能力，累積與日本朋友聊天話題的多功能資訊書籍。

　　沒有複雜的文法，只要套用一個句型，再替換自己喜歡的單字，就可以舉一反三，應用在各種場面，是本書編寫的目的。書中精挑日本人旅遊時，使用頻率最高的句型及單字，在句型及單字的相乘效果下，達到輕鬆、有趣的學習效果。

1.這裡沒有複雜的文法，只要套用一個句型，再替換不同的單字，就可以舉一反三，應用在看電影啦！買書啦！吃飯啦！購物等各種場面。

可以替換的單字 ————→

看看例句 ————→

2.學過基本句型以後，接下來就可以靈活運用在旅遊上。這裡有跟自己及旅遊相關內容。在同一個句型，套用不同的單字，且你一句我一句舉一反三的學習下，達到說及聽的最高效果。

3. 這裡有適用各種場面的豐富句子，每個句子都是好用的旅遊句。讓您只要動動手腳，動動口就能輕鬆、快樂玩遍日本。

日本人天天說的句型

是　　　。

名詞＋です。
desu

 MP3 1-01

林	山田	書	腳踏車
林	山田 やま だ	本 ほん	自転車 じ てんしゃ
rin	yamada	hon	jitensha

我是田中。

田中です。
た なか

Tanaka desu

我是學生。

学生です。
がくせい

gakusee desu

是　　　。

数量＋です。
desu

一千日圓	一個	一杯	兩支
千円 せんえん	一つ ひと	一杯 いっぱい	二本 に ほん
senen	hitotsu	ippai	nihon

500日圓。

５00円です。
ごひゃくえん

gohyaku-en desu

20美金。

20ドルです。
にじゅう

nijuu-doru desu

形容詞 + です。
desu

___。

冰冷	快樂	快速	好吃
つめ 冷たい	たの 楽しい	はや 速い	おいしい
tsumetai	tanoshii	hayai	oishii

3

昂貴。

たか
高いです。

takai desu

寒冷。

さむ
寒いです。

samui desu

名詞 + は + 名詞 + です。
wa   desu

___ 是 ___。

4

他／美國人	那是／大象	姊姊／模特兒
かれ　　　　じん 彼／アメリカ人	ぞう あれ／象	あね 姉／モデル
kare amerika-jin	are zoo	ane moderu

我是學生。

わたし　がくせい
私は学生です。

watashi wa gakusee desu

這是麵包。

これはパンです。

kore wa pan desu

_____ 的 _____ 。
名詞＋の＋名詞＋です。
no　　　　desu

  5

妹妹／雨傘　　　　　　義大利／鞋子　　　　　　法國／麵包

いもうと かさ
妹／傘　　　　**イタリア／靴**　　　　**フランス／パン**
imooto kasa　　　itaria　　　kutsu　　　furansu　　　pan

> 我的包包。
> わたし
> **私のかばんです。**
> watashi no kaban desu

> 日本車。
> に ほん　くるま
> **日本の車です。**
> nihon no kuruma desu

是 _____ 嗎？
名詞＋ですか。
desuka

6

台灣人　　　　　美國人　　　　　泰國人　　　　　義大利人

たいわんじん　　　　　　じん　　　　　　じん　　　　　　　じん
台湾人　　　**アメリカ人**　　　**タイ人**　　　**イタリア人**
taiwan-jin　　　amerika-jin　　　tai-jin　　　itaria-jin

> 是日本人嗎？
> に ほんじん
> **日本人ですか。**
> nihon-jin desuka

> 是哪一位？
> **どなたですか。**
> donata desuka

⬚ 是 ⬚ 嗎？

名詞＋は＋名詞＋ですか。
　　　　　wa　　　　　desuka

出口／那裡	國籍／哪裡	籍貫，畢業／哪裡
出口／あそこ でぐち	国／どこ くに	ご出身／どちら しゅっしん
deguchi asoko	kuni doko	gshusshin dochira

廁所是那裡嗎？

トイレはあそこですか。
toire　wa asoko　　desuka

車站是這裡嗎？

駅はここですか。
えき
eki wa koko desuka

⬚ 嗎？

名詞＋は＋形容詞＋ですか。
　　　　　wa　　　　　　desuka

這個／好吃	價錢／貴	房間／整潔
これ／おいしい	値段／高い ね だん　たか	部屋／きれい へ や
kore　　oishii	nedan takai	heya　　kiree

這裡痛嗎？

ここは痛いですか。
いた
koko wa itai desuka

車站遠嗎？

駅は遠いですか。
えき　とお
eki wa tooi desuka

不是 _____ 。

名詞＋ではありません。
dewa arimasen

 MP3 1-03 **9**

河川	派出所	公車	紅茶
川	交番	バス	紅茶
kawa	kooban	basu	koocha

不是義大利人。

イタリア人ではありません。
itaria-jin dewa arimasen

不是字典。

辞書ではありません。
jisho dewa arimasen

_____ 喔！

形容詞＋ですね。
desune

10

甜的	苦的	有趣的	方便
甘い	苦い	面白い	便利
amai	nigai	omoshiroi	benri

好熱喔！

暑いですね。
atsui desune

好冷喔！

寒いですね。
samui desune

___喔！
形容詞＋名詞＋ですね。
desune

好／天氣　　　　　好吃／店　　　　　　　熱鬧的／地方

いい／天気　　　おいしい／店　　　　にぎやかな／ところ

ii　　tenki　　　oishii　　　mise　　　nigiyaka na　　tokoro

好漂亮的人喔！

きれいな人ですね。

kiree na hito desune

好愉快的旅行喔！

楽しい旅行ですね。

tanoshii ryokoo desune

___吧！
名詞＋でしょう。
deshoo

雨　　　　　　雪　　　　　　　　風　　　　　　颱風

雨　　　　　雪　　　　　　　　風　　　　　台風

ame　　　　　yuki　　　　　　　kaze　　　　　taifuu

是晴天吧！

晴れでしょう。

hare deshoo

是陰天吧！

曇りでしょう。

kumori deshoo

名詞（を）＋ます。
o   masu

___。

MP3 1-04

13

音樂／聽
おんがく／き
音楽を／聞き
ongaku o   kiki

相片／照相
しゃしん／と
写真を／撮り
shashin o   tori

花／開
はな／さ
花が ／咲き
hana ga   saki

吃飯。
はん／た
ご飯を食べます。
go-han o tabemasu

抽煙。
す
タバコを吸います。
tabako o suimasu

名詞＋から来ました。
kara   kimasita

從 ___ 來。
き

14

中國
ちゅうごく
中国
chuugoku

英國
イギリス
igirisu

法國
フランス
furansu

印度
インド
indo

從台灣來。
たいわん／き
台湾から来ました。
taiwan kara kimashita

從美國來。
き
アメリカから来ました。
amerika kara kimashita

15

___ 吧！

名詞（を…）＋ましょう。
o　　　　　mashyoo

唱歌	打網球	去買東西
うた うた		か もの い
歌を歌い	テニスをし	買い物に行き
uta o utai	tenisu o shi	kaimono ni iki

打電動玩具吧！

ゲームをしましょう。
geemu o shimashoo

看電影吧！

えい が　み
映画を見ましょう。
eega o mimashoo

16

給我 ___ 。

名詞＋をください。
o　kudasai

地圖	毛衣	咖啡	壽司
ち ず			す し
地図	セーター	コーヒー	寿司
chizu	seetaa	koohii	sushi

請給我牛肉。

ビーフをください。
biifu o kudasai

給我這個。

これをください。
kore o kudasai

給我 ◼◼◼ 。

数量＋ください。
kudasai

(MP3) 1-05 **17**

兩張	三本	一個	一人份
に まい **二枚**	さんさつ **三冊**	いっ こ **一個**	いちにんまえ **一人前**
nimai	sansatsu	ikko	ichinin-mae

給我一個。

ひと
一つください。
hitotsu kudasai

給我一堆。

ひとやま
一山ください。
hitoyama kudasai

給我 ◼◼◼ 。

名詞＋を＋数量＋ください。
o　　　　　kudasai

18

啤酒／一杯	毛巾／兩條	生魚片／兩人份
いっぱい **ビール／一杯**	に まい **タオル／二枚**	さし み に にんまえ **刺身／二人前**
biiru　　ippai	taoru　　nimai	sashimi　ninin-mae

給我一個披薩。

ひと
ピザを一つください。
piza o hitotsu kudasai

給我兩張車票。

きっ ぷ に まい
切符を二枚ください。
kippu o nimai kudasai

給我 ▪ 。
動詞＋ください。
kudasai

19

等一下	開	給我看一下	說
待って	開けて	見せて	言って
matte	akete	misete	itte

拿給我看一下。

見せてください。
misete kudasai

請告訴我。

教えてください。
oshiete kudasai

請 ▪ 。
名詞（を…）＋動詞＋ください。
o　　　　　　　　kudasai

20

房間／打掃	向右／轉	用漢字／寫
部屋を／掃除して	右に／曲がって	漢字で／書いて
heya o　soojishite	migi ni　magatte	kanji de　kaite

請換房間。

部屋を変えてください。
heya o kaete kudasai

請叫警察。

警察を呼んでください。
keesatsu o yonde kudasai

請 □。
形容詞＋動詞＋ください。
kudasai

短／縮短	便宜／賣	簡單／說明
短く／つめて	安く／売って	やさしく／説明して
mijikaku　tsumete	yasuku　utte	yasashiku　setsumeeshite

趕快起床。

早く起きてください。
hayaku okite kudasai

打掃乾淨。

きれいに掃除してください。
kiree ni sooji shite kudasai

請弄 □。
形容詞＋してください。
shite kudasai

亮	暖	短	乾淨
明るく	暖かく	短く	きれいに
akaruku	atatakaku	mijikaku	kiree ni

請算便宜一點。

安くしてください。
yasuku shite kudasai

請快一點。

早くしてください。
hayaku shite kudasai

＿＿＿ 多少錢？

名詞＋いくらですか。
ikura desuka

23

唱片	耳環	太陽眼鏡	比基尼
レコード	**イヤリング**	**サングラス**	**ビキニ**
rekoodo	iyaringu	sangurasu	bikini

這個多少錢？

これいくらですか。
kore ikura desuka

大人需要多少錢？

大人<ruby>おとな</ruby>いくらですか。
otona ikura desuka

＿＿＿ 多少錢？

数量＋いくらですか。
ikura desuka

24

一套	一台	一雙	一盒
一着 いっちゃく	一台 いちだい	一足 いっそく	**ワンパック**
ittchaku	ichidai	issoku	wanpakku

一個多少錢？

一<ruby>ひと</ruby>ついくらですか。
hitotsu ikura desuka

一個小時多少錢？

一時間<ruby>いちじかん</ruby>いくらですか。
ichijikan ikura desuka

___ 多少錢？

名詞＋数量＋いくらですか。
ikura desuka

MP3 1-07 **25**

鞋／一雙

くつ／一足
いっそく

kutsu　issoku

相機／一台

カメラ／一台
いちだい

kamera　ichidai

洋蔥／一把

ねぎ／一束
ひとたば

negi　hitotaba

這個一個多少錢？

これ、一ついくらですか。
ひと

kore, hitotsu ikura desuka

生魚片一人份多少錢？

刺身、一人前いくらですか。
さしみ　いちにんまえ

sashimi, ichinin-mae ikura desuka

有 ___ 嗎？

名詞＋はありますか。
wa arimasuka

26

健身房

ジム

jimu

保險箱

金庫
きんこ

kinko

游泳池

プール

puuru

衛星節目

衛星放送
えいせいほうそう

eesee hoosoo

有報紙嗎？

新聞はありますか。
しんぶん

shinbun wa arimasuka

有位子嗎？

席はありますか。
せき

seki wa arimasuka

27

有 ___ 嗎？

場所＋はありますか。
wa arimasuka

電影院	公園	飯店	旅館
えいがかん	こうえん		りょかん
映画館	**公園**	**ホテル**	**旅館**
eegakan	kooen	hoteru	ryokan

有郵局嗎？

ゆうびんきょく
郵便局はありますか。
yuubinkyoku wa arimasuka

有大眾澡堂嗎？

せんとう
銭湯はありますか。
sentoo wa arimasuka

28

有 ___ 嗎？

形容詞＋名詞＋はありますか。
wa arimasuka

大／房間	便宜／旅館	黑色／高跟鞋
おお へや	やす りょかん	くろ
大きい／部屋	**安い／旅館**	**黒い／ハイヒール**
ookii　　heya	yasui　ryokan	kuroi　haihiiru

有便宜的位子嗎？

やす せき
安い席はありますか。
yasui seki wa arimasuka

有紅色的裙子嗎？

あか
赤いスカートはありますか。
akai sukaato wa arimasuka

＿＿ 在哪裡？
場所 ＋はどこですか。
wa doko desuka

MP3 1-08 **29**

百貨公司	超市	棒球場	美容院
デパート	**スーパー**	**野球場**（やきゅうじょう）	**美容院**（びよういん）
depaato	suupaa	yakyuujoo	biyooin

廁所在哪裡？

トイレはどこですか。
toire wa doko desuka

便利商店在哪裡？

コンビニはどこですか。
konbini wa doko desuka

麻煩 ＿＿。
名詞 ＋をお願（ねが）いします。
o onegai shimasu

30

點菜	兌換外幣	到房服務	住宿登記
注文（ちゅうもん）	**両替**（りょうがえ）	**ルームサービス**	**チェックイン**
chuumon	ryoogae	ruumusaabisu	chekkuin

麻煩幫我搬行李。

荷物（にもつ）をお願（ねが）いします。
nimotsu o onegai shimasu

麻煩結帳。

お勘定（かんじょう）をお願（ねが）いします。
okanjoo o onegai shimasu

麻煩用 ⬛ 。

名詞 ＋でお願いします。
de onegai shimasu

31

海運	包裹	分開（算錢）	飯前
ふなびん	こづつみ	べつべつ	しょくぜん
船便	**小包**	**別々**	**食前**
funabin	kozutsumi	betsubetsu	shokuzen

麻煩我寄空運。

航空便でお願いします。
kookuubin de onegai shimasu

麻煩我刷卡。

カードでお願いします。
kaado de onegai shimasu

麻煩我到 ⬛ 。

場所 ＋までお願いします。
made onegai shimasu

32

郵局	電影院	百貨公司	這裡
ゆうびんきょく	えいがかん		
郵便局	**映画館**	**デパート**	**ここ**
yuubinkyoku	eegakan	depaato	koko

麻煩我到車站。

駅までお願いします。
eki made onegai shimasu

麻煩我到飯店。

ホテルまでお願いします。
hoteru made onegai shimasu

33 MP3 1-09

請給我 ____。

名詞＋数量＋お願いします。
onegai shimasu

套裝／一套	相機／一台	襯衫／一件
スーツ／一着	カメラ／一台	シャツ／一枚
suutsu　icchaku	kamera　ichidai	sushatsu　ichimai

請給我成人票一張。

大人一枚お願いします。

otona ichimai onegai shimasu

請給我一瓶啤酒。

ビール一本お願いします。

biiru ippon onegai shimasu

34

____如何？

名詞＋はどうですか。
wa doo desuka

夏威夷	壽司	黑輪	星期天
ハワイ	寿司	おでん	日曜日
hawai	sushi	oden	nichiyoobi

烤肉如何？

焼肉はどうですか。

yakiniku wa doo desuka

旅行怎麼樣？

旅行はどうですか。

ryokoo wa doo desuka

☐☐的 ☐☐ 如何？

時間＋の＋名詞＋はどうですか。
no　　　　　wa doo desuka

今天／天氣	昨天／音樂會	上個月／旅行
きょう　てんき 今日／天気	きのう　おんがくかい 昨日／音楽会	せんげつ　りょこう 先月／旅行
kyoo　tenki	kinoo　ongakukai	sengetsu　ryokoo

今年的運勢如何？

ことし　うんせい
今年の運勢はどうですか。
kotoshi no unsee wa doo desuka

昨天的考試如何？

きのう　しけん
昨日の試験はどうですか。
kinoo no shiken wa doo desuka

我要 ☐☐。

名詞＋がいいです。
ga ii desu

這個	西瓜	拉麵	果汁
これ	スイカ	ラーメン	ジュース
kore	suika	raamen	juusu

我要咖啡。

コーヒーがいいです。
koohii ga ii desu

我要天婦羅。

てんぷらがいいです。
tenpura ga ii desu

我要 [　　]。

形容詞（の、なの）＋がいいです。
no　nano　　　ga ii desu

MP3 1-10 **37**

小的	藍的	短的	漂亮的
小さいの	青いの	短いの	きれいなの
chiisai no	aoi no	mijikai no	kiree na no

我要大的。

大きいのがいいです。

ookii noga ii desu

我要方便的。

便利なのがいいです。

benri na noga ii desu

可以 [　　] 嗎？

動詞＋もいいですか。
mo ii desuka

38

吃	坐	摸	聽
食べて	座って	触って	聞いて
tabete	suwatte	sawatte	kiite

可以喝嗎？

飲んでもいいですか。

nondemo ii desuka

可以試穿嗎？

試着してもいいですか。

shichaku shitemo ii desuka

可以 □ 嗎？

名詞（を…）＋動詞＋もいいですか。
o　　　　　　　　mo ii desuka

39

相／照
しゃしん　　と
写真を／撮って
shashin o　totte

在這裡／寫
か
ここに／書いて
koko ni　kaite

啤酒／喝
の
ビールを／飲んで
biiru o　　nonde

可以抽煙嗎？
す
タバコを吸ってもいいですか。
tabako o suttemo ii desuka

這裡可以坐嗎？
すわ
ここに座ってもいいですか。
koko ni suwattemo ii desuka

想 □。

動詞＋たいです。
tai desu

40

玩
あそ
遊び
asobi

走
ある
歩き
aruki

游泳
およ
泳ぎ
oyogi

買
か
買い
kai

想吃。
た
食べたいです。
tabe tai desu

想聽。
き
聞きたいです。
kiki tai desu

我想到 ___。
場所＋まで、行きたいです。
made, iki tai desu

MP3 1-11 **41**

新宿	原宿	青山	池袋
しんじゅく **新宿**	はらじゅく **原宿**	あおやま **青山**	いけぶくろ **池袋**
shinjuku	harajuku	aoyama	ikebukuro

我想到澀谷。

渋谷駅まで行きたいです。
shibuya-eki made ikitai desu

我想到成田機場。

成田空港まで行きたいです。
narita-kuukoo made ikitai desu

想 ___。
名詞＋を（に）＋動詞＋たいです。
o　　ni　　　　　tai desu

42

煙火／看	演唱會／聽	料理／吃
はなび　み **花火／見**	**コンサート／行き**	りょうり　た **料理／食べ**
hanabi　mi	konsaato　　iki	ryoori　　tabe

我想泡溫泉。

おんせん はい
温泉に入りたいです。
onsen ni hairi tai desu

我想預約房間。

へ や　よやく
部屋を予約したいです。
heya o yoyaku shi tai desu

我在找 ▨ 。

名詞＋を探しています。

o saga shite imasu

43

褲子	球鞋	領帶	唱片
ズボン	スニーカー	ネクタイ	レコード
zubon	suniikaa	nekutai	rekoodo

我在找裙子。

スカートを探しています。

sukaato o sagashite imasu

我在找雨傘。

傘を探しています。

kasa o sagashite imasu

我要 ▨ 。

名詞＋がほしいです。

ga hosii desu

44

錄音帶	錄影機	底片	收音機
テープ	ビデオカメラ	フィルム	ラジオ
teepu	bideokamera	fuirumu	rajio

我想要鞋子。

靴がほしいです。

kutsu ga hoshii desu

我想要香水。

香水がほしいです。

koosui ga hoshii desu

很會 ___ 。
名詞 ＋が上手です。
ga joozu desu

MP3 1-12 45

煮菜	籃球	英語	日語
りょうり **料理**	**バスケットボール**	えい ご **英語**	に ほん ご **日本語**
ryoori	basukettobooru	eego	nihongo

很會唱歌。

うた じょうず
歌が上手です。
uta ga joozu desu

很會打網球。

じょうず
テニスが上手です。
tenisu ga joozu desu

太 ___ 。
形容詞 ＋すぎます。
sugimasu

46

低	小	快	重
ひく **低**	ちい **小さ**	はや **速**	おも **重**
hiku	chiisa	haya	omo

太貴。

たか
高すぎます。
taka sugimasu

太大。

おお
大きすぎます。
ooki sugimasu

喜歡 ▢。

名詞＋が好きです。
ga suki desu

47

網球	釣魚	兜風	爬山
テニス	つり	ドライブ	登山
tenisu	tsuri	doraibu	tozan

喜歡漫畫。

漫画が好きです。
manga ga suki desu

喜歡電玩。

ゲームが好きです。
geemu ga suki desu

對 ▢ 感興趣。

名詞＋に興味があります。
ni kyoomi ga arimasu

48

歷史	經濟	電影	藝術
歴史	経済	映画	芸術
rekishi	keezai	eega	geejutsu

對音樂有興趣。

音楽に興味があります。
ongaku ni kyoomi ga arimasu

對漫畫有興趣。

漫画に興味があります。
manga ni kyoomi ga arimasu

在 ⬚ 有 ⬚。

場所 ＋で＋ 慶典 ＋があります。
de　　　　ga arimasu

青森／驅魔祭

青森／ねぶた祭
aomori nebuta-matsuri

德島／阿波舞祭

徳島／阿波踊り
tokushima awa-odori

仙台／七夕祭

仙台／七夕祭
sendai tanabata-matsuri

浅草有慶典。

浅草でお祭があります。
asakusa de o-matsuri ga arimasu

札幌有雪祭。

札幌で雪祭があります。
sapporo de yuki-matsuri ga arimasu

⬚ 痛。

身体 ＋が痛いです。
　　　　ga itai desu

肚子

おなか
onaka

腰

腰
koshi

膝蓋

ひざ
hiza

牙齒

歯
ha

頭痛。

頭が痛いです。
atama ga itai desu

腳痛。

足が痛いです。
ashi ga itai desu

＿＿＿丟了。

物品＋をなくしました。
o nakushimashima

51

票	信用卡	護照	外套
チケット	カード	パスポート	コート
chiketto	kaado	pasupooto	kooto

錢包丟了。

財布をなくしました。
saifu o nakushimashita

相機丟了。

カメラをなくしました。
kamera o nakushimashita

＿＿＿忘了放在＿＿＿。

場所＋に＋物品＋を忘れました。
ni　　　　　o wasuremashita

52

桌上／車票

テーブルの上／切符
teeburu no ue　kippu

浴室／手錶

バスルーム／腕時計
basu-ruumu　ude-dokee

包包忘了放在巴士了。

バスにかばんを忘れました。
basu ni kabann o wasuremashita

鑰匙忘了放在房間了。

部屋に鍵を忘れました。
heya ni kagi o wasuremashita

53

　　□□□被偷了。

物品 ＋ **を盗まれました。**
o nusumaremashita

MP3 1-14

錢包	照相機	手錶	筆記電腦
財布 saifu	**カメラ** kamera	**腕時計** ude-dokee	**ノートパソコン** nooto-pasokon

包包被偷了。

かばんを盗まれました。
kaban o nusumaremashita

錢被偷了。

現金を盗まれました。
genkin o nusumaremashita

54

　　我想□□□。

句子 ＋ **と思っています。**
to omottte imasu

想當老師	想住在郊外	想到國外旅行
先生になりたい sensee ni naritai	**郊外に住みたい** koogai ni sumitai	**海外旅行したい** kaigai ryokoo shitai

我想去日本。

日本に行きたいと思っています。
nihon ni ikitai to omottte imasu

我認為那個人是犯人。

あの人が犯人だと思っています。
ano hito ga hanninda to omotte imasu

たのしい
講得眉飛色舞
旅遊日語

PART ❷

好用旅遊日語

1 你好　　↘ MP3 1-15

早安。

おはようございます。
ohayoo gozaimasu

你好。（白天）

こんにちは。
konnichiwa

你好。（晚上）

こんばんは。
konbanwa

晚安。（睡前）

おやすみなさい。
oyasuminasai

謝謝。

どうも。
doomo

2 再見　　↘ MP3 1-16

再見。

さようなら。
sayoonara

再見。

失礼します。
shitsuree shimasu

再見。

それでは。
soredewa

再見。

バイバイ。
baibai

再見。

じゃあね。
jaane

一路小心。

お気をつけて。
oki o tsukete

3 回答　　↘　MP3 1-17

是。
はい。
hai

對，沒錯。
はい、そうです。
hai, soo desu

知道了。
わかりました。
wakarimashita

知道了。
かしこまりました。
kashikomarimashita

知道了。
承知（しょうち）しました。
shoochi shimashita

這樣啊！
そうですか。
soodesuka

4 謝謝　　↘　MP3 1-18

謝謝您了。
ありがとうございました。
arigatoo gozaimashita

謝謝。
どうも。
doomo

不好意思。
すみません。
sumimasen

您真親切，謝謝。
ご親切（しんせつ）にどうもありがとう。
go-shinsetsu ni doomo arigatoo

謝謝照顧。
お世話（せわ）になりました。
osewa ni narimashita

非常感謝了。
どうもすみません。
doomo sumimasen

5 不客氣啦 ↘ 1-19

不會。
いいえ。
iie

不客氣。
どういたしまして。
doo itashimashite

不要緊。
だいじょうぶ
大丈夫ですよ。
daijoobu desuyo

我才抱歉。
こちらこそ。
kochira koso

不要在意。
き
気にしないで。
ki ni shinaide

哪裡，別放在心上。
いいえ、かまいません。
iie, kamaimasen

6 真對不起 ↘ 1-20

對不起。
すみません。
sumimasen

失禮了。
しつれい
失礼しました。
shitsuree shimashita

對不起。
ごめんなさい。
gomen nasai

抱歉。
もう　わけ
申し訳ありません。
mooshiwake arimasen

麻煩您很多。
めいわく
ご迷惑をおかけしました。
go-meewaku o okakeshimashita

真對不起。
たいへんしつれい
大変失礼しました。
taihen shitsuree shimashita

7 借問一下 ↘ MP3 1-21

不好意思。

すみません。

sumimasen

可以耽誤一下嗎？

ちょっといいですか。

chotto ii desuka

打擾一下。

ちょっとすみません。

chotto sumimasen

請問一下。

ちょっとうかがいますが。

chotto ukagaimasuga

有關旅行的事。

旅行<ruby>りょこう</ruby>のことですが…。

ryokoo no koto desuga

請問…。

あのう…。

anoo...

8 現在幾點了 ↘ MP3 1-22

現在幾點？

今<ruby>いま</ruby>は何時<ruby>なんじ</ruby>ですか。

ima wa nanji desuka

這是什麼？

これは何<ruby>なん</ruby>ですか。

kore wa nan desuka

這裡是哪裡？

ここはどこですか。

koko wa doko desuka

那是怎麼樣的書？

それはどんな本<ruby>ほん</ruby>ですか。

sore wa donna hon desuka

河川名叫什麼？

なんていう川<ruby>かわ</ruby>ですか。

nante iu kawa desuka

1 我姓李 ↘ MP3 1-23

我姓 ___ 。

姓氏＋です。
desu

田中
た なか
田中
tanaka

史密斯
スミス
sumisu

李
李
り
ri

阿力
あり
ari

敝姓 ___ 。

＋と申します。
もう
to mooshimasu

山田
やま だ
山田
yamada

塔瓦
タワー
tawaa

金
キム
kimu

哈力
ハリー
harii

鈴木
すず き
鈴木
suzuki

佐藤
さ とう
佐藤
satoo

木村
き むら
木村
kimura

例句

你好，我姓楊。

はじめまして、楊（ヨウ）といいます。

hajimemashite. yoo to iimasu

我是木村，請多指教。

木村（きむら）です。よろしくお願（ねが）いします。

kimura desu.yoroshiku onegai shimasu

我才是，請多指教。

こちらこそ、よろしく。

kochirakoso. yoroshiku

您從哪裡來？

どこからいらっしゃいましたか。

doko kara irasshaimashitaka

幸會幸會！

お会（あ）いできてうれしいです。

oai-dekite ureshii desu

小小專欄

花語（一）

花言葉（はなことば）（一）

櫻花

桜（さくら）

優雅的美人

優（すぐ）れた美人（びじん）

牽牛花

朝顔（あさがお）

短暫的戀情

はかない恋（こい）

向日葵

ひまわり

眼中只有你

あなたを見（み）つめる

杜鵑花

ツツジ

熱情的愛

愛（あい）の情熱（じょうねつ）

2 我從台灣來的　MP3 1-24

我從 ☐ 來。

國名＋から来ました。
kara kimashita

台灣

たいわん
台湾
taiwan

中國
ちゅう ごく
中 國
chuugoku

日本
に ほん
日本
nihon

韓國
かん こく
韓国
kankoku

德國
ドイツ
doitsu

英國
イギリス
igirisu

美國
アメリカ
amerika

越南
ベトナム
betonamu

法國
フランス
furansu

泰國
タイ
tai

印度
インド
indo

荷蘭
オランダ
oranda

西班牙
スペイン
supein

例句

您是哪國人？

お<ruby>国<rt>くに</rt></ruby>はどちらですか。

o-kuni wa dochira desuka

我是台灣人。

<ruby>私<rt>わたし</rt></ruby>は<ruby>台湾人<rt>たいわんじん</rt></ruby>です。

watashi wa taiwan-jin desu

我畢業於日本大學。

<ruby>私<rt>わたし</rt></ruby>は<ruby>日本大学出身<rt>にほんだいがくしゅっしん</rt></ruby>です。

watashi wa nihon-daigaku shusshin desu

我從台北來的。

<ruby>私<rt>わたし</rt></ruby>は、<ruby>台北<rt>タイペイ</rt></ruby>から<ruby>来<rt>き</rt></ruby>ました。

watashi wa taipee kara kimashita

你呢？

あなたは。

anata wa

我從美國來的。

<ruby>私<rt>わたし</rt></ruby>はアメリカから<ruby>来<rt>き</rt></ruby>ました。

watashi wa amerika kara kimashita

小 小 專 欄

花語（二）
<ruby>花言葉<rt>はなことば</rt></ruby>（二）

蒲公英
たんぽぽ

玫瑰花
バラ

熱烈的戀情
<ruby>熱烈<rt>ねつれつ</rt></ruby>な<ruby>恋<rt>こい</rt></ruby>

分離
<ruby>別離<rt>べつり</rt></ruby>

繡球花
アジサイ

見異思遷
<ruby>浮気<rt>うわき</rt></ruby>

鬱金香
チューリップ

宣告戀情
<ruby>恋<rt>こい</rt></ruby>の<ruby>宣言<rt>せんげん</rt></ruby>

3 我是粉領族 ↘ MP3 1-25

我是 ＿＿＿＿ 。

職業＋です。
desu

主婦
しゅふ
主婦
shufu

店員
てんいん
店員
tenin

模特兒
モデル
moderu

大學生
だいがくせい
大学生
daigakusee

粉領族

オーエル
OL
ooeru

醫生
い しゃ
医者
isha

護士
かん ご し
看護士
kangoshi

上班族
かいしゃいん
会社員
kaishain

老師
せんせい
先生
sensee

學生
がくせい
学生
gakusee

記者
き しゃ
記者
kisha

作家
さっ か
作家
sakka

司機
うんてんしゅ
運転手
untenshu

演員
はいゆう
俳優
haiyuu

工程師
エンジニア
enjinia

例句

您從事哪種行業？

お仕事は何ですか。

o-shigoto wa nan desuka

我是日語老師。

日本語教師です。

nihongo kyooshi desu

我在貿易公司工作。

貿易会社で働いています。

booeki-gaisha de hataraite imasu

大學老師。

大学の教師です。

daigaku no kyooshi desu

連續劇的製作人。

ドラマのプロデューサーです。

dorama no puroduusaa desu

在汽車公司上班。

車会社に勤めています。

kuruma-gaisha ni tsutomete imasu

開花店。

花屋をやっています。

hanaya o yatte imasu

小 小 專 欄

煙火
花火

暑間問候（的信）
暑中お見舞い

圓扇
うちわ

浴衣
浴衣

慶典
祭り

刨冰
カキ氷

47

① 這是我弟弟啦 MP3 1-26

這是 ▢ 。

これは＋名詞＋です。
kore wa ＋名詞＋ desu

哥哥
兄
あに
ani

妹妹
妹
いもうと
imooto

弟弟
弟
おとうと
otooto

姊姊
姊
あね
ane

祖父
祖父
そふ
sofu

祖母
祖母
そぼ
sobo

父親
父
ちち
chichi

母親
母
はは
haha

我
私
わたし
watashi

伯伯、叔叔
叔父
おじ
oji

伯母、阿姨
叔母
おば
oba

丈夫
夫
おっと
otto

兒子
息子
むすこ
musuko

妻子
妻
つま
tsuma

女兒
娘
むすめ
musume

例句

這個人是誰？

この<ruby>人<rt>ひと</rt></ruby>は<ruby>誰<rt>だれ</rt></ruby>ですか？

kono hito wa dare desuka

我有一個弟弟。

<ruby>弟<rt>おとうと</rt></ruby>が<ruby>一人<rt>ひとり</rt></ruby>います。

otooto ga hitori imasu

弟弟比我小兩歲。

<ruby>弟<rt>おとうと</rt></ruby>は<ruby>私<rt>わたし</rt></ruby>より<ruby>二歳下<rt>にさいした</rt></ruby>です。

otooto wa watashi yori nisai shita desu

我是獨子。

<ruby>私<rt>わたし</rt></ruby>は<ruby>一人<rt>ひとり</rt></ruby>っ<ruby>子<rt>こ</rt></ruby>です。

watashi wa hitorikko desu

我有兩個兄弟(姊妹)。

<ruby>兄弟<rt>きょうだい</rt></ruby>は<ruby>二人<rt>ふたり</rt></ruby>います。

kyoodai wa futari imasu

這是我哥哥和姊姊。

これは、<ruby>兄<rt>あに</rt></ruby>と<ruby>姉<rt>あね</rt></ruby>です。

kore wa ani to ane desu

這是我父母。

<ruby>父<rt>ちち</rt></ruby>と<ruby>母<rt>はは</rt></ruby>です。

chichi to haha desu

這是我女兒。

これはうちの<ruby>娘<rt>むすめ</rt></ruby>です。

kore wa uchi no musume desu

小 小 專 欄

十二生肖

十二支（一）

 鼠 ね

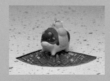 牛 うし

 虎 とら

 兔 う

 龍 たつ

 蛇 み

2 哥哥是賣車的 MP3 1-27   例句

哥哥是行銷員。

兄はセールスマンです。
あに

ani wa seerusu-man desu

ABC汽車。

ABC自動車です。
じ どうしゃ

eebiishii jidoo-sha desu

當公司秘書。

会社で秘書をしています。
かいしゃ ひ しょ

kaisha de hisho o shite imasu

你哥哥在哪家公司上班？

お兄さんの会社はどちらですか。
にい かいしゃ

onii-san no kaisha wa dochira desuka

你妹妹從事什麼工作？

妹さんのお仕事は。
いもうと し ごと

imooto-san no oshigoto wa

打零工的。

フリーターです。

furiitaa desu

小 小 專 欄

十二生肖

十二支（二）

 馬
うま

 猴
さる

 狗
いぬ

 羊
ひつじ

 雞
とり

 豬
い

＿＿＿公司。

名詞＋の会社です。
かいしゃ
no kaisha desu

汽車
くるま
車
kuruma

鞋子
くつ
靴
kutsu

葡萄酒
ワイン
wain

食品
しょくひん
食品
shokuhin

製造機器
き かいせいぞう
機械製造
kikai-seezoo

薬品
くすり
薬
kusuri

旅行
りょこう
旅行
ryokoo

通路（商品）
りゅうつう
流通
ryuutsuu

電腦
コンピューター
konpyuutaa

電器機器
でんき きき
電気機器
denki-kiki

③ 我姉姉人有點性急 MP3 1-28

我姉姉 ☐ 。

姉は ＋ 形容詞 ＋ です。
あね
ane wa　　　　　　　　　desu

活潑
あか
明るい
akarui

有一點性急
すこ たん き
少し短気
sukoshi tanki

溫柔
やさしい
yasashii

頑固
がん こ
頑固
ganko

可愛
かわいい
kawaii

好強
き つよ
気が強い
ki ga tsuyoi

一絲不苟
きちょうめん
几帳面
kichoomen

爽朗
よう き
陽気
yooki

朝氣蓬勃
げん き
元気
genki

風趣
おもしろい
omoshiroi

樂天, 慢條斯理
のんき
nonki

例句

姊姊不小氣。

あね
姉はけちではありません。

ane wa kechi dewa arimasen

姊姊沒有男朋友。

あね　かれ し
姉は彼氏がいません。

ane wa kareshi ga imasen

我姊姊會喝酒。

あね　さけ　の
姉はお酒を飲みます。

ane wa o sake o nomimasu

姊姊朋友很多。

あね　　とも　　　　おお
姉は友だちが多いです。

ane wa tomodachi ga ooi desu

我姊姊喜歡看電影。

あね　えい が　　す
姉は映画が好きです。

ane wa eega ga suki desu

我姊姊住在東京。

あね　　とうきょう　　す
姉は東京に住んでいます。

ane wa tookyoo ni sunde imasu

我姊姊一個人住。

あね　ひとり ぐ
姉は一人暮らしです。

anew a hitori-gurashi desu

小 小 專 欄

日本錢

に ほん　　かね
日本のお金だ！

一日圓

いちえん
一円

五日圓

ご えん
五円

十日圓

じゅうえん
十円

五十日圓

ごじゅうえん
五十円

一百日圓

ひゃくえん
百円

五百日圓

ごひゃくえん
五百円

（夏目漱石）
一千日圓

せんえん
千円

（沖繩守禮門）
兩千日圓

に せんえん
二千円

（新渡部稻造）
五千日圓

ご せんえん
五千円

（福澤諭吉）
一萬日圓

いちまんえん
一万円

1 今天真熱 ↘ MP3 1-29

今天 ▢▢。

今日は＋形容詞＋ですね。
kyoo wa　　　　　desuna

熱
___
あつ
暑い
atsui

溫暖
___
あたた
暖かい
atatakai

涼爽
___
すず
涼しい
suzusii

冷
___
さむ
寒い
samui

潮濕的
___
しめ
湿っぽい
shimeppoi

多雨
___
あめ
雨がち
ame-gachi

多雲
___
くもりがち
kumori-gachi

例句

今天是好天氣。
きょう　　　てん き
今日はいい天気ですね。
kyoo wa ii tenki desune

正在下雨。
あめ　ふ
雨が降っています。
ame ga futte imasu

早上是晴天。
あさ　は
朝は晴れていました。
asa wa harete imashita

雲層很厚。
くも　　おお
雲が多いです。
kumo ga ooi desu

風很強。
かぜ　つよ
風が強いです。
kaze ga tsuyoi desu

據說下午好像會下雨。
ご ご　あめ　ふ
午後は雨が降るそうです。
gogo wa ame ga furu soo desu

明天有颱風。
あした　たいふう　き
明日は台風が来ます。
ashita wa taifu ga kimasu

2 東京天氣如何 MP3 1-30

東京的 [　　] 如何？

東京の+四季+はどうですか。
tookyoo no wa doo desuka

春天

春
はる
haru

冬天

冬
ふゆ
fuyu

夏天

夏
なつ
natsu

秋天

秋
あき
aki

例句

東京夏天很熱。

東京の夏は暑いです。
tookyoo no natsu wa atsui desu

但是冬天很冷。

でも、冬は寒いです。
demo, fuyu wa samui desu

你的國家怎麼樣？

あなたの国はどうですか。
anata no kuni wa doo desuka

我的國家一直都很熱。

私の国は、いつも暑いです。
watashi no kuni wa itsumo atsui desu

下很多雨。

雨がたくさん降ります。
ame ga takusan furimasu

北海道的夏天呢？

北海道の夏はどうですか。
hokkaidoo no natsu wa doo desuka

很涼快。

涼しいです。
suzushii desu

3 明天會下雨吧 MP3 1-31

明天會 ▢▢▢ 吧！

明日は＋名詞＋でしょう。
ashita wa 名詞 deshyoo

晴天
は
晴れ
hare

陰天
くも
曇り
kumori

下雪
ゆき
雪
yuki

雨天
あめ
雨
ame

晴時多雲
は ときどきくも
晴れ時々曇り
hare tokidoki kumori

多雲短陣雨
くも ときどき あめ
曇り時々にわか雨
kumori tokidoki niwaka ame

晴後多雲
は くも
晴れのち曇り
hare nochi kumori

例句

明天下雨吧！
あした あめ
明日は雨でしょう。
ashita wa ame deshyoo

明天一整天都很溫暖吧！
あした いちにちじゅうあたた
明日は一日中 暖かいでしょう。
ashita wa ichinichijuu atatakai deshyoo

今晚天氣不知道如何？
こんばん てんき
今晩の天気はどうでしょう。
konban no tenki wa doo deshyoo

今晚天氣不錯吧！
こんばん てんき
今晩は、いい天気でしょう。
konban wa ii tenki deshyoo

明天也是晴天嗎？
あした は
明日も晴れですか。
ashita mo hare desuka

下星期都會是好天氣吧！
らいしゅう てんき つづ
来週はいい天気が続くでしょう。
raishuu wa ii tenki ga tsuzuku deshyoo

週末天氣轉熱吧！
しゅうまつ あつ
週末は暑くなるでしょう。
shuumatsu wa atsuku naru deshyoo

4 東京8月天氣如何  1-32

東京 8月

東京 **8月**
とうきょう はちがつ
tookyoo hachigatsu

紐約 9月

ニューヨーク **9月**
く がつ
nyuuyooku kugatsu

地名＋はどうですか。
如何？
wa doo desuka

夏威夷

ハワイ
hawai

的 如何？

地名＋の＋月＋はどうですか。
no wa doo desuka

北京 9月

北京 **9月**
ペ キン く がつ
pekin kugatsu

台北 12月

台北 **12月**
タイペイ じゅうにがつ
taipee juunigatsu

香港

香港
ホンコン
honkon

長野

長野
なが の
nagano

秋田

秋田
あき た
akita

函館

函館
はこだて
hakodate

日光

日光
にっこう
nikkoo

京都

京都
きょうと
kyooto

奈良

奈良
なら
nara

大阪

大阪
おおさか
oosaka

沖縄

沖縄
おきなわ
okinawa

1 我早上吃麵包 ↘ MP3 1-33

吃 _____ 。

食物＋を食べます。
o tabemasu

麺包
パン
pan

粥
お粥
o-kayu

飯
ご飯
go-han

蛋糕
ケーキ
keeki

饅頭
お饅頭
o-manjuu

沙拉
サラダ
sarada

三明治
サンドイッチ
sandoicchi

例 句

早餐在家吃。
朝ご飯は家で食べます。
asagohan wa ie de tabemasu

吃了麵包和沙拉。
パンとサラダを食べました。
pan to sarada o tabemashita

偶爾吃粥。
時々おかゆを食べます。
tokidoki o-kayu o tabemasu

只喝咖啡。
コーヒーだけ飲みます。
koohii dake nomimasu

不吃早餐。
朝ご飯は食べません。
asagohan wa tabemasen

2 我喝果汁 ↘ MP3 1-34

喝 □ 。

飲料＋を飲みます。
o nomimasu

牛奶
ぎゅうにゅう
牛乳
gyuunyuu

果汁
ジュース
juusu

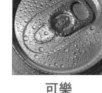

可樂
コーラ
koora

啤酒
ビール
biiru

礦泉水
ミネラルウォーター
mineraru-uootaa

紅茶
こうちゃ
紅茶
koocha

咖啡
コーヒー
koohii

可可亞
ココア
kokoa

例 句

你喜歡喝紅茶嗎？

こうちゃ　す
紅茶は好きですか。
koocha wa suki desuka

加牛奶嗎？

い
ミルクを入れますか。
miruku o iremasuka

喝咖啡不加牛奶跟糖。

の
コーヒーをブラックで飲みます。
koohii o burakku de nomimasu

喝豆漿。

とうにゅう　の
豆乳を飲みます。
toonyuu o nomimasu

喜歡喝酒。

さけ　す
お酒が好きです。
osake ga suki desu

常喝葡萄酒。

の
よくワインを飲みます。
yoku wain o nomimasu

和朋友一起喝啤酒。

ともだち　いっしょ　の
友達と一緒にビールを飲みます。
tomodachi to issho ni biiru o nomimasu

3 我打網球 ↘ MP3 1-35

做 ☐ 嗎？
運動＋をしますか。
o shimasuka

網球
テニス
tenisu

滑雪
スキー
sukii

游泳
すいえい
水泳
suiee

高爾夫
ゴルフ
gorufu

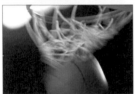

籃球
バスケットボール
basuketto-booru

棒球
やきゅう
野球
yakyuu

沖浪
サーフィン
saafin

乒乓
ピンポン
pinpon

足球
サッカー
sakkaa

羽毛球
バドミントン
badominton

釣魚
つり
tsuri

爬山
と　ざん
登山
tozan

保齡球
ボーリング
booringu

滑板
スケートボード
sukeeto-boodo

慢跑
ジョギング
jogingu

60

例句

一星期做兩次運動。

週二回スポーツをします。

shuu nikai supootsu o shimasu

常去公園散步。

よく公園を散歩します。

yoku kooen o sanpo shimashu

每天慢跑。

毎日ジョギングをします。

mainichi jogingu o shimasu

我不常打高爾夫球。

ゴルフはあまりしません。

gorufu wa amari shimasen

我想去爬山。

山登りに行きたいです。

yama-nobori ni ikitai desu

有時打保齡球。

時々ボーリングをします。

tokidoki booringu o shimasu

去游泳。

プールへ泳ぎに行きます。

puuru e oyogi ni ikimasu

我常打網球。

よくテニスをします。

yoku tenisu o shimasu

我們一起打棒球吧！

みんなで野球をしましょうか。

minna de yakyuu o shimashyooka

下回我們一起去爬山吧！

今度一緒に山登りに行きましょう。

kondo issho ni yama-nobori ni ikimashyoo

好啊！去啊！

いいですね。行きましょう。

ii desune.ikimashoo

④ 假日我看電影 ↘ MP3 1-36

你假日做什麼？

Q：休みの日は何をしますか。
yasumi no hi wa nani o shimasuka

看 ⬚ 。

A：名詞＋を見ます。
o mimasu

電視
テレビ
terebi

職業棒球
プロ野球
poro-yakyuu

書
本
hon

狗
犬
inu

電影
映画
eega

繪畫
絵
e

錄影帶
ビデオ
bideo

日本電影
日本映画
nihon-eega

法國電影
フランス映画
furansu-eega

例句

和男朋友約會。

彼氏とデートします。
かれし

kareshi to deeto shimasu

和朋友說說笑笑。

友達とワイワイやります。
ともだち

tomodachi to waiwai yarimasu

在卡拉OK唱歌。

カラオケで歌を歌います。
うた　うた

karaoke de uta o utaimasu

跟大家去喝酒。

みんなで飲みに行きます。
の　　　い

minna de nomi ni ikimasu

在房間看書。

部屋で本を読みます。
へや　ほん　よ

heya de hon o yomimasu

獨自一個人聽音樂。

一人で音楽をききます。
ひとり　おんがく

hitori de ongaku o kikimasu

跟媽媽去看電影。

母と映画に行きます。
はは　えいが　い

haha to eega ni ikimasu

跟朋友去買東西。

友だちと買い物をします。
とも　か　もの

tomodachi to kaimono o shimasu

跟大家一起打棒球。

みんなで野球をします。
やきゅう

minna de yakyuu o shimasu

跟小孩們玩。

子どもたちと遊びます。
こ　　　　　あそ

kodomo-tachi to asobimasu

在公園散步。

公園で散歩をします。
こうえん　さんぽ

kooen de sanpo o shimasu

① 我喜歡運動 MP3 1-37

喜歡 □ 。

運動 + が好きです。
ga suki desu

高崖跳傘
パラグライダー
paraguraidaa

滑雪板
スノーボート
sunoobooto

風帆沖浪
ウィンドサーフィン
uindo-saafin

足球
サッカー
sakkaa

跳舞
ダンス
dansu

有氧舞蹈
エアロビクス
earo-bikusu

有氧舞蹈

棒球
野球
yakyuu

柔道
柔道
judoo

游泳
水泳
suiee

騎馬
乗馬
jooba

浮潛
スキューバ ダイビング
sukyuuba-daibingu

騎腳踏車
サイクリング
saikuringu

釣魚
釣り
tsuri

相撲
相撲
sumoo

獨木舟
カヌー
kanuu

泛舟
ラフティング
rafutingu

例句

你喜歡什麼樣的運動？

どんなスポーツが好きですか。

donna supootsu ga suki desuka

喜歡看運動節目。

スポーツ観戦が好きです。

supootsu-kansen ga suki desu

一星期慢跑兩次。

週二回ジョギングをします。

shuu nikai jogingu o shimasu

我都去游泳池游泳。

いつもプールで泳ぎます。

itsumo puuru de oyogimasu

我經常游泳。

よく水泳をします。

yoku suiee o shimasu

你看相撲嗎？

相撲は見ますか。

sumoo wa mimasuka

偶爾去爬山。

時々山登りに行きます。

tokidoki yama-nobori ni ikimasu

跟朋友打壁球。

友だちとスカッシュをします。

tomodachi to sukkashu o shimasu

小 小 專 欄

日本的節慶活動
日本の行事（一）

過年
お正月

成人禮
成人式

季節轉換期（立春、
立夏、立秋、立冬）
節分

女兒節
雛祭り

② 我的嗜好是聽音樂 MP3 1-38

我的興趣是 ☐ 。

您的興趣是什麼？

Q:ご趣味は何ですか。
go-shumi wa nan desuka

A:名詞（を…）+動詞+ことです。
o　　　　　　　　koto desu

做菜
料理を　作る
ryoori o tsukuru

騎腳踏車
サイクリングを　する
saikuringu o　suru

聽音樂
音楽を　聞く
ongaku o　kiku

畫畫
絵を　描く
e o　kaku

看書
本を　読む
hon o　yomu

旅行
旅行を　する
ryokoo o　suru

看電影
映画を　見る
eega o　miru

釣魚
釣りを　する
tsuri o　suru

拍照
写真を　撮る
shashin o　toru

插花
生け花を　する
ikebana o　suru

爬山
山に　登る
yama ni　noboru

到海邊游泳
海で　泳ぐ
umi de　oyogu

到卡拉OK唱歌
カラオケで　歌う
karaoke de　utau

聊天
おしゃべりを　する
oshaberi o　suru

下棋
将棋を　する
shoogi o　suru

寫小說
小説を　書く
shoosetsu o kaku

很會 ＿＿＿＿ 。

嗜好 ＋ が上手ですね。
ga joozu desune

唱歌
歌
uta

園藝
ガーデニング
gaadiningu

潛水
ダイビング
daibingu

吉他
ギター
gitaa

鋼琴
ピアノ
piano

書法
習字
shuuji

手工藝
手芸
shugee

料理
料理
ryoori

足球
サッカー
sakkaa

電腦
パソコン
pasokon

游泳
水泳
suiee

跳舞
ダンス
dansu

① 我是2月4日生的 MP3 1-39

我的生日是 ▢ 。

わたし　たんじょうび
私の誕生日は＋月日＋です。
watashi no tanjoobi wa　　　　　desu

1月20號

いちがつはつか
1月 20日
ichigatsu hatsuka

2月4號

にがつよっか
2月 4日
nigatsu yokka

3月7號

さんがつなのか
3月 7日
sangatsu nanoka

4月24號

しがつにじゅうよっか
4月 24日
shigatsu nijuuyokka

5月2號

ごがつふつか
5月 2日
gogatsu futsuka

6月9號

ろくがつここのか
6月 9日
rokugatsu kokonoka

7月10號

しちがつとおか
7月 10日
shichigatsu tooka

8月8號

はちがつようか
8月 8日
hachigatsu yooka

9月1號

くがつついたち
9月 1日
kugatsu tsuitachi

10月19號

じゅうがつじゅうくにち
10月 19日
juugatsu juukunichi

11月14號

じゅういちがつ じゅうよっか
11月　14日
juuichigatsu juuyokka

12月10號

じゅうにがつとおか
12月 10日
juunigatsu tooka

例句

您的生日是什麼時候？

お誕生日はいつですか。

o-tanjoobi wa itsu desuka

我生日是下個月。

誕生日は来月です。

tanjoobi wa raigetsu desu

你的生日呢？

あなたのお誕生日は。

anata no o-tanjoobi wa

7月7日。

7月7日です。

shichigatsu nanoka desu

我12月出生。

12月 生まれです。

juunigatsu umare desu

屬什麼的？

なに年ですか。

nani toshi desuka

我屬鼠。

ねずみ年です。

nezumi doshi desu

幾年生的？

何年生まれですか。

nannen umare desuka

好 用 單 字

完美主義	勤勞	誠實	端莊
完璧主義 kanpeki-shugi	**勤勉** kinben	**誠実** seejitsu	**しとやか** shitoyaka

樂天派	固執	爽快	愛哭
楽天家 rakutenka	**いじっぱり** ijippori	**快活** kaikatsu	**泣き虫** nakimushi

2 我是射手座 ↘ 1-40

我是 ▢ 星座。

わたし
私は＋星座＋**です。**
watashi wa　　　　desu

水瓶座
みずがめ ざ
水瓶座
mizugame-za

獅子座
しし ざ
獅子座
shishi-za

牡羊座
おひつじ ざ
牡羊座
ohitsuji-za

金牛座
おうし ざ
牡牛座
oushi-za

處女座
おとめ ざ
乙女座
otome-za

天秤座
てんびん ざ
天秤座
tenbin-za

射手座
い て ざ
射手座
ite-za

▢ 是什麼樣的個性？

せいかく
星座＋**はどんな性格ですか。**
wa donna seekaku desuka

雙子座
ふたご ざ
双子座
futago-za

巨蟹座
かに ざ
蟹座
kani-za

雙魚座
うお ざ
魚座
uo-za

天蠍座
さそり ざ
蠍座
sasori-za

魔羯座
や ぎ ざ
山羊座
yagi-za

處女座
おとめ ざ
乙女座
otome-za

3 射手座很活潑 ↘ MP3 1-41

獅子座很活潑。

獅子座(の人)は明るいです。

shishi-za (no hito) wa akarui desu

雙魚座很有藝術天份。

魚座は芸術的才能があります。

uo-za wa geejutsu-teki sainoo ga arimasu

從星座來看兩個人很適合。

星座から見ると二人は合いますよ。

seeza kara miru to futari wa aimasuyo

水瓶座很冷靜。

水瓶座はクールです。

mizugame-za wa kuuru desu

巨蟹座感情很豐富。

蟹座は感情が豊かです。

kani-za wa kanjoo ga yutaka desu

天蠍座意志力很強。

蠍座は意志が強いです。

sasori-za wa ishi ga tsuyoi desu

很多天秤座都當女演員。

天秤座は女優が多いです。

tenbin-za wa jouu ga ooi desu

魔羯座不缺錢。

山羊座はお金に困らないです。

yagi-za wa okane ni komaranai desu

魔羯座跟處女座很合。

山羊座と乙女座は相性がいいです。

yagi-za to otome-za wa aishoo ga ii desu

天秤座很有平衡感。

天秤座はバランスに優れています。

tenbin-za wa baransu ni sugurete imasu

射手座個性很活潑。

射手座は明るい性格です。

ite-za wa akarui seekaku desu

處女座很溫柔。

乙女座は優しいです。

otome-za wa yasashii desu

牧羊座是什麼個性呢？

牡羊座はどんな性格ですか。

ohitsuji-za wa donna seekaku desuka

71

1 我想當模特兒 🎵 MP3 1-42

將來我想當 ☐ 。

<ruby>将来<rt>しょうらい</rt></ruby>＋ 名詞 ＋になりたいです。
shyoorai　　　　　　ni naritai desu

歌手
<ruby>歌手<rt>か しゅ</rt></ruby>
kashu

醫生
<ruby>医者<rt>い しゃ</rt></ruby>
isha

老師
<ruby>先生<rt>せんせい</rt></ruby>
sensee

護士
<ruby>看護士<rt>かん ご し</rt></ruby>
kangoshi

導遊
ツアーガイド
tsuaa-gaido

模特兒
モデル
moderu

運動選手
スポーツ<ruby>選手<rt>せんしゅ</rt></ruby>
supootsu-senshu

女演員
<ruby>女優<rt>じょゆう</rt></ruby>
joyuu

社長
<ruby>社長<rt>しゃちょう</rt></ruby>
shachoo

作家
<ruby>作家<rt>さっ か</rt></ruby>
sakka

上班族
<ruby>会社員<rt>かいしゃいん</rt></ruby>
kaishain

工程師
エンジニア
enjinia

研究員
<ruby>研究員<rt>けんきゅういん</rt></ruby>
kenkyuuin

翻譯員
<ruby>通訳<rt>つうやく</rt></ruby>
tsuuyaku

例句

以後想做什麼？

将来、何になりたいですか。
しょうらい なに
shyoorai,nani ni naritai desuka

為什麼？

どうしてですか。
dooshite desuka

因為喜歡唱歌。

歌が好きだからです。
うた す
uta ga suki da kara desu

你想從事什麼工作？

どんな仕事をしたいですか。
しごと
donna shigoto o shitai desuka

我想從事貿易工作。

貿易の仕事がやりたいです。
ぼうえき しごと
booeki no shigoto ga yaritai desu

因為很有挑戰性。

やりがいがあるからです。
yarigai ga aru kara desu

因為很有趣的樣子。

面白そうだからです。
おもしろ
omoshiro soo dakara desu

我想開公司。

自分の会社を持ちたいです。
じぶん かいしゃ も
jibun no kaisha o mochitai desu

小小專欄

日本的節慶活動

日本の行事（二）
にほん ぎょうじ

端午節
端午の節句
たんご せっく

七夕
七夕
たなばた

盂蘭盆會
お盆
ぼん

聖誕節
クリスマス

73

② 我希望有朋友 ↘ MP3 1-43

你現在最想要什麼
Q：今、何がほしいですか。
ima, nani ga hoshii desuka

想要 ☐ ？

A：名詞＋がほしいです。
ga hoshii desu

朋友
友だち
tomodachi

時間
時間
jikan

錢
お金
okane

情人
恋人
koibito

車
車
kuruma

筆記型電腦
ノートパソコン
nooto-pasokon

腳踏車
自転車
jitensha

機車
バイク
baiku

房子
家
ie

鑽石
ダイヤモンド
daiyamondo

戒指
指輪
yubiwa

手提包
ハンドバッグ
handobaggu

旅費
旅行資金
ryokoo-shikin

例句

為什麼想要錢？

なぜ、お金がほしいですか。

naze,o-kane ga hoshii desuka

因為想再多唸書。

もっと勉強したいからです。

motto benkyoo shitai kara desu

因為想旅行。

旅行したいからです。

ryokoo shitai kara desu

因為我想留學。

留学したいからです。

ryuugaku shitai kara desu

為什麼想要車子。

どうして、車がほしいですか。

dooshite, kuruma ga hoshii desuka

因為我想跟女友約會。

彼女とデートしたいからです。

kanojo to deeto shitai kara desu

因為方便。

便利だからです。

benri dakara desu

你想要什麼樣的房子。

どんな家がほしいですか。

donna ie ga hosii desuka

我想要VOLVO車。

ボルボの車がほしいです。

borubo no kuruma ga hoshii desu

現在，我最想要朋友。

今、友達が一番ほしいです。

ima,tomodachi ga ichiban hoshii desu

因為在一起感到很快樂。

一緒にいると楽しいからです。

issho ni iru to tanoshii kara desu

③ 將來我想住鄉下的透天厝 ↘ MP3 1-44

將來想住什麼樣的房子？

Q：将来、どんな家に住みたいですか。
shoorai,donna ie ni sumitai desuka

想住 ▢▢▢。

A：名詞＋に住みたいです。
ni sumitai desu

很大的房子
大きな 家
ooki na ie

高級公寓
マンション
manshon

別墅
別荘
bessoo

透天厝
一戸建て
ikkodate

有院子的房子
庭付きの家
niwa-tsuki no ie

可愛的家
かわいい家
kawaii ie

郊外的房子
郊外の家
koogai no ie

鄉下的透天厝
田舎の一軒家
inaka no ikkenya

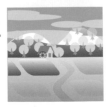

原木小木屋
ログハウス
rogu-hausu

想住什麼樣的城鎮？

Q：どんな町に住みたいですか。
まち　す
donna machi ni sumitai desuka

想住 ☐ 的城鎮。

A：形容詞＋町に住みたいです。
　　　　　　まち　す
machi ni sumitai desu

朝氣蓬勃

明るい
あか
akarui

很多綠地的地方

緑の多い
みどり　おお
midori no ooi

安靜的

静かな
しず
shizuka na

古意盎然的

古い
ふる
furui

恬靜的

穏やかな
おだ
odayaka na

熱鬧

にぎやかな
nigiyaka na

空氣好的

空気のいい
くう　き
kuuki no ii

乾淨的

清潔な
せいけつ
seeketsu na

摩登的

モダンな
modan na

方便的

便利な
べん　り
benri na

孩子很多的

子どもの多い
こ　　　　おお
kodomo no ooi

1 我的座位在哪裡 MP3 1-45

_____ 在哪裡？

名詞＋はどこですか。
wa doko desuka

我的座位
わたし せき
私の席
watashi no seki

商務客艙	ビジネスクラス bijinesu-kurasu

洗手間
トイレ
toire

雜誌	ざっし 雑誌 zasshi

機場
くうこう
空港
kuukoo

緊急出口	ひじょうぐち 非常口 hijoo-guchi

耳機	イヤホーン iyahoon

例句

行李放不進去。
に もつ はい
荷物が入りません。
nimotsu ga hairimasen

幾點到達？
とうちゃく なん じ
到着は何時ですか。
toochaku wa nanji desuka

請借我過。
とお
通してください。
tooshite kudasai

有中文報嗎？
ちゅうごくご しんぶん
中国語の新聞はありますか。
chuugokugo no shinbun wa arimasuka

我想換座位。
せき か
席を替えてほしいです。
seki o kaete hoshii desu

可以給我果汁嗎？
ジュースをもらえますか。
juusu o moraemasuka

可以將椅背倒下嗎？
せき たお
席を倒してもいいですか。
seki o taoshitemo ii desuka

麻煩幫我掛外套。
ねが
コートをお願いします。
kooto o onegai shimasu.

2 我要雞肉　MP3 1-46　請給我 ▢ 。

牛肉
ビーフ
biifu

雞肉
チキン
chikin

魚
さかな
魚
sakana

葡萄酒
ワイン
wain

啤酒
ビール
biiru

水
みず
お水
omizu

名詞＋をください。
o kudasai

毛毯
もうふ
毛布
moofu

枕頭
まくら
枕
makura

暈車藥
よ ど ぐすり
酔い止め薬
yoidome gusuri

報紙
しんぶん
新聞
shinbun

入境卡	にゅうこく 入国カド
	nyuukoku-kaado
感冒藥	か ぜぐすり 風邪薬
	kaze-gusuri
英文雜誌	えいご ざっし 英語の雑誌
	eego no zasshi
溫的飲料	あたた の もの 温かい飲み物
	atatakai nomi-mono

有 ▢ ？

名詞＋はありますか。
wa arimasuka

日本報紙	に ほん しんぶん 日本の新聞
	nihon no shinbun

3 再給我一杯水 ↘ MP3 1-47

例句

請再給我一杯。
もう一杯ください。
moo ippai kudasai

是免費的嗎？
無料ですか。
muryoo desuka

我身體不舒服。
気分が悪いです。
kibun ga warui desu

什麼時候到達？
いつ着きますか。
itsu tsukimasuka

再20分鐘。
あと20分です。
ato nijuppun desu

現在我們在哪裡？
今、どのへんですか。
ima, dono hen desuka

請給我飲料。
飲み物をください。
nomi-mono o kudasai

我肚子疼。
おなかが痛いです。
o-naka ga itai desu

感到寒冷。
寒いです。
samui desu

想看錄影帶。
ビデオが見たいです。
bideo ga mitai desu

好用單字

雜誌	雜誌 zasshi	耳機	イヤホーン iyahoon	香煙	タバコ tabako
葡萄酒	ワイン wain	機艙內販賣	機内販売 kinai-hanbai	免稅商品	免税品 menzee-hin
型錄	カタログ katarogu	圍巾	スカーフ sukaafu	香水	香水 koosui

4 我來觀光的 **MP3** 1-48

旅行目的為何？

Q:旅行の目的は何ですか。
りょこう　もくてき　なん

ryokoo no mokuteki wa nan desuka

是 ⬚ 。

A: 名詞＋です。
desu

觀光
かんこう
観光
kankoo

留學
りゅうがく
留学
ryuugaku

工作
しごと
仕事
shigoto

會議
かいぎ
会議
kaigi

出差	出張 しゅっちょう	shucchoo
商務	ビジネス	bijinesu
探親	親族訪問 しんぞくほうもん	shinzoku-hoomon
探訪朋友	知人訪問 ちじんほうもん	chijin-hoomon

你的職業是？

職業は何ですか。
しょくぎょう　なん

shokugyoo wa nan desuka

學生。
がくせい
学生です。
gakusee desu

上班族。
サラリーマンです。
sarariiman desu

我是主婦。
しゅふ
主婦です。
shufu desu

我是醫生。
いしゃ
医者です。
isha desu

粉領族。
オーエル
OLです。
ooeru desu

我是公司職員。
かいしゃいん
会社員です。
kaisha-in desu

我是公司負責人。
けいえいしゃ
経営者です。
keeee-sha desu

(5) 我要待五天　　MP3 1-49　　要住在哪裡？

○○飯店
○○ホテル
hoteru

朋友家
友人の家
yuujin no ie

○○旅館
○○旅館
ryokan

○○民宿
○○民宿
minshuku

Q:どこに滞在しますか。
doko ni taizai shimasuka

□□□□□□。

A: 名詞＋です。
desu

留學生宿舍
留学生　宿舍
ryuugakusee shukusha

兒子的家
息子の家
musuko no ie

同事的家
同僚の家
dooryoo no ie

要待幾天？

Q:何日滞在しますか。
nannichi taizai shimasuka

□□□□□□。

A: 期間＋です。
desu

五天	一星期	兩星期
五日間	一週間	二週間
itsukakan	isshuukan	nishuukan

一個月
一ヶ月
ikkagetsu

十天
10日間
tooka kan

三天
三日
mikka

大約兩個月
約2ヶ月
yaku nikagetsu

6 這是日常用品 MP3 1-50 請 ⬚ 。

動詞＋ください。
kudasai

開	開けて akete	等	待って matte	看	見て mite	關起來	しまって shimatte
讓我看	見せて misete	說	言って itte	打開	開いて aite	拿出來	出して dashite

這是什麼？　　　　　　　　　　　是 ⬚ 。

Q:これは何ですか。
kore wa nan desuka

A: 名詞＋です。
desu

日常用品	日常品 nichijoohin	衣服	洋服 yoofuku	相機	カメラ kamera	禮物	プレゼント purezento
香煙	タバコ tabako	日本酒	日本酒 nihon-shu	名產	お土産 omiyage	洗臉用具	洗面具 senmen-gu
筆記用具	筆記用具 hikki-yoogu	圍巾	スカーフ sukaafu	感冒藥	風邪薬 kaze-gusuri	字典	辞書 ji sho

7 麻煩我到台北　**MP3** 1-51　麻煩我到 [＿＿＿＿＿＿]。

場所＋までお願いします。
made onegai shimasu

台北 タイペイ 台北 taipee	日本 にほん 日本 nihon	香港 ホンコン 香港 honkon
北京 ペキン 北京 pekin	大阪 おおさか 大阪 oosaka	巴黎 パリ pari
倫敦 ロンドン rondon	羅馬 ローマ rooma	曼谷 バンコク bankoku　上海 シャンハイ 上海 shanhai

> 例句

日本航空櫃檯在哪裡？ に ほんこうくう 日本航空のカウンターはどこですか。 nihonkookuu no kauntaa wa doko desuka	我要辦登機手續。 チェックインします。 chekkuin shimasu
是經濟艙。 エコノミークラスです。 ekonomii-kurasu desu	是商務艙。 ビジネスクラスです。 bijinesu-kurasu desu
是全部禁煙嗎？ ぜん ぶ きんえん 全部禁煙ですか。 zenbu kinen desuka	有行李要寄放嗎？ あず に もつ 預かる荷物はありますか。 azukaru nimotsu wa arimasuka
有靠窗的座位嗎？ まどがわ せき 窓側の席はありますか。 madogawa no seki wa arimasuka	靠走道好。 つう ろ がわ 通路側がいいです。 tuuro-gawa ga ii desu

8 我要換日幣 　MP3 1-52 請 ＿＿＿＿＿。

名詞＋してください。
site kudasai

兌換外幣	簽名	確認	換（錢）
りょうがえ 両替	サイン	かくにん 確認	チェンジ
ryoogae	sain	kakunin	chenji

例句

換成日圓
に ほんえん
日本円に。
nihonen ni

請換成五萬日圓。
ご まんえん りょうがえ
５万円 両替してください。
gomanen ryoogaeshite kudasai

也請給我一些零錢。
こ ぜに ま
小銭も混ぜてください。
kozeni mo mazete kudasai

請讓我看一下護照。
み
パスポートを見せてください。
pasupooto o misete kudasai

麻煩您在這裡簽名。
ねが
ここにサインをお願いします。
koko ni sain o onegai shimasu

這樣可以嗎？
これでいいですか。
korede ii desuka

我的旅遊小筆記

9 喂！我是台灣的小李啦 ↘ **MP3** 1-53

例句

給我一張電話卡。

テレホンカード一枚（いちまい）ください。

terehonkaado ichimai kudasai

喂，我是台灣的李。

もしもし、台湾（タイワン）の李（り）です。

moshi moshi,taiwan no ri desu

陽子小姐在嗎？

陽子（ようこ）さんはいらっしゃいますか。

yookosan wa irasshaimasuka

我剛到日本。

ただいま、日本（にほん）に着（つ）きました。

tadaima,nihon ni tsukimashita

那麼就在新宿車站見面吧！

では、新宿駅（しんじゅくえき）で会（あ）いましょう。

dewa shinjuku-eki de aimashoo

在哪裡碰面好呢？

どこで会（あ）いましょうか。

doko de aimashooka

知道南口在哪裡嗎？

南口（みなみぐち）はわかりますか。

minamiguchi wa wakarimasuka

搭成田Express去。

成田（なりた）エクスプレスで行（い）きます。

narita-ekusupuresu de ikimasu

在JR的剪票口等你。

ＪＲ（ジェーアール）の改札口（かいさつぐち）で待（ま）っています。

JR no kaisatsu-guchi de matte imasu

待會兒見。

では、また後（あと）で。

dewa, mata atode

好用單字

打電話	電話（でんわ）する	手機	携帯電話（けいたいでんわ）	留言	メッセージ
	denwasuru		keetai-denwa		messeeji
外出中	外出中（がいしゅつちゅう）	不在家	留守（るす）	出門	出（で）かける
	gaishutsu-chuu		rusu		dekakeru
留言	伝言（でんごん）	鈴聲	発信音（はっしんおん）	要事	ご用件（ようけん）
	dengon		hasshin-on		go-yooken

10 我要寄包裹　　**MP3** 1-54　麻煩我寄 ⬛⬛⬛⬛ 。

名詞＋でお願いします。
de onegai shimasu

空運 こうくうびん **航空便** kookuubin	船運 ふなびん **船便** funabin	掛號 かきとめ **書留** kakitome
包裹 こづつみ **小包** kozutsumi	宅急便 たっきゅうびん **宅急便** takkyuubin	限時專送 そくたつ **速達** sokutatsu

（例句）

費用多少？
りょうきん
料金はいくらですか。
ryookin wa ikura desuka

麻煩寄到台灣。
タイワン　　　　ねが
台湾までお願いします。
taiwan made onegai shimasu

請給我明信片10張。
じゅうまい
はがきを１０枚ください。
hagaki o juumai kudasai

哪一個便宜？
やす
どちらが安いですか。
dochira ga yasui desuka

有寄包裹的箱子嗎？
こづつみ　はこ
小包の箱はありますか。
kozutsumi no hako wa arimasuka

麻煩寄航空信。
ねが
エアメールでお願いします。
ea-meeru de onegai shimasu

大概什麼時候寄到？
どのぐらいで着きますか。
donogurai de tsukimasuka

給我一個郵件袋。
ふくろ　いちまい
ゆうパックの袋を一枚ください。
yuu-pakku no fukuro o ichimai kudasai

⑪ 一個晚上多少錢 **MP3** 1-55

〔　　　〕多少錢？

名詞（は…）＋いくらですか。
wa 　　　　ikura desuka

一晚	一個人	兩張單人床房間	一張雙人床房間
いっぱく 一泊	ひとり 一人	ツインは	ダブルは
ippaku	hitori	tsuin wa	daburu wa

單人床房間	這個房間	總統套房	兩個人
シングルは	この部屋は （へや）	スイートルームは	ふたり 二人で
shinguru wa	kono heya wa	suiito-ruumu wa	futari de

〔 例句 〕

我想預約。
よやく
予約したいです。
yoyakushitai desu

有附早餐嗎？
ちょうしょく
朝食はつきますか。
chooshoku wa tsukimasuka

那樣就可以了。
ねが
それでお願いします。
sorede onegai shimasu

三個人可以住同一間房間嗎？
さんにんひと へ や
三人一部屋でいいですか。
sannin hito-heya de ii desuka

有餐廳嗎？
レストランはありますか。
resutoran wa arimasuka

有沒有更便宜的房間？
やす へ や
もっと安い部屋はありませんか。
motto yasui heya wa arimasenka

幾點開始住宿登記？
なん じ
チェックインは何時からですか。
chekku-in wa nanji kara desuka

12 這巴士有到京王飯店嗎↘　**MP3** 2-01

例句

有到○○飯店嗎？

○○ホテルへ行きますか。
hoteru e ikimasuka

下一班巴士幾點？

次のバスは何時ですか。
tsugi no basu wa nanji desuka

給我一張到新宿的票。

新宿まで一枚ください。
shinjuku made ichimai kudasai

請往右側出口出去。

右側の出口に出てください。
migigawa no deguchi ni dete kudasai

請在3號乘車處上車。

3番乗り場で乗車してください。
sanban noriba de jooshashite kudasai

我想去澀谷。

渋谷へ行きたいです。
shibuya e iki tai desu

幾號巴士站？

乗り場は何番ですか。
nori-ba wa nanban desuka

這裡有到新宿嗎？

ここは、新宿行きですか。
koko wa, shijuku yuki desuka

到東京車站要幾分鐘？

東京駅まで何分ですか。
tookyoo-eki made nanpun desuka

我想在池袋車站前下車。

池袋駅前に降りたいんですが。
ikebukuro eki-mae ni ori tain desuga

好用單字

車票	切符 kippu	售票處	売り場 uriba	機場巴士	リムジンバス rimujinbasu
乘車處	乗り場 noriba	一號巴士站	1番乗り場 ichiban nori-ba	排隊	並ぶ narabu
往新宿	新宿行き shinjuku yuki	往東京車站	東京駅行き tookyoo-eki yuki	東京都中心區	都内 tonai

1 我要住宿登記　MP3 2-02　麻煩 _____ 。

	住宿登記 チェックイン chekkuin		名詞＋をお願いします。 ねが o onegai shimasu
	行李 に もつ 荷物 nimotsu		説明 せつめい 説明 setsumee
	簽名 サイン sain		鑰匙 かぎ 鍵 kagi

例句

有預約。
よやく
予約してあります。
yoyakushite arimasu

沒預約。
よやく
予約してありません。
yoyakushite arimasen

我叫李明寶。
リ メイホウ
李明宝といいます。
ri meehoo to iimasu

幾點退房？
なんじ
チェックアウトは何時ですか。
chekkuauto wa nanji desuka

麻煩刷卡。
ねが
カードでお願いします。
kaado de onegai shimasu

在哪裡吃早餐？
ちょうしょく　　　　た
朝食はどこで食べますか。
chooshoku wa doko de tabemasuka

請幫我搬行李。
に もつ　　はこ
荷物を運んでください。
nimotsu o hakonde kudasai

有保險箱嗎？
きんこ
金庫はありますか。
kinko wa arimasuka

有街道的地圖嗎？
まち　　ち ず
街の地図はありますか。
machi no chizu wa arimasuka

請幫我搬那個。
はこ
それを運んでください。
sore o hakonde kudasai

2 幫我換床單　　MP3 2-03　請 _____

名詞＋を＋動詞＋ください。
o　　　　　kudasai

房間／更換	熨斗／借我	行李／搬運	地方／告訴我
部屋／変えて	アイロン／貸して	荷物／運んで	場所／教えて
heya kaete	airon kashite	nimotsu hakonde	basho oshiete
使用方法／教	毛巾／更換	掃／打	床單／更換
使い方／教えて	タオル／換えて	掃除／して	シーツ／換えて
tsukai-kata oshiete	taoru kaete	sooji shite	shiitsu kaete

例句

請打掃房間。
部屋を掃除してください。
heya o soojishite kudasai

請再給我一條毛巾。
タオルをもう一枚ください。
taoru o moo ichimai kudasai

鑰匙不見了。
鍵をなくしました。
kagi o nakushimashita

沒有開瓶器。
栓抜きがありません。
sennuki ga arimasen

可以給我冰塊嗎？
氷はもらえますか。
koori wa moraemasuka

電視故障了。
テレビが壊れています。
terebi ga kowarete imasu

房間好冷。
部屋が寒いです。
heya ga samui desu

我要英文版報紙。
英語の新聞がほしいです。
eego no shinbun ga hoshii desu

衣架不夠。
ハンガーが足りません。
hangaa ga tarimasen

3 我要一客比薩 ↘ MP3 2-04

例句

100號客房。
100号室です。
ひゃくごうしつ
hyaku gooshitsu desu

我要客房服務。
ルームサービスをお願いします。
ねが
ruumu-saabisu o onegai shimasu

給我一客比薩。
ピザを一つください。
ひと
piza o hitotsu ku dasai

我要送洗。
洗濯物をお願いします。
せんたくもの　　　ねが
sentakumono o onegai shimasu

早上6點請叫醒我。
朝6時にモーニングコールをお願いします。
あさろくじ　　　　　　　　　　　　ねが
asa rokuji ni mooningu-kooru o onegai shimasu

麻煩幫我按摩。
マッサージをお願いします。
ねが
massaaji o onegai shimasu

想預約餐廳。
レストランの予約をしたいです。
よやく
resutoran no yoyaku o shitai desu

想打國際電話。
国際電話をかけたいです。
こくさいでんわ
kokusaidenwa o kaketai desu

有游泳池嗎？
プールはありますか。
puuru wa arimasuka

床單	枕頭	開瓶器	毛毯
シーツ	枕 まくら	栓抜き せんぬ	毛布 もうふ
shiitsu	makura	sennuki	moofu

好用單字

衛生紙 トイレットペーパー toirettopeepaa	洗髮精 シャンプー shanpuu	一套刷牙用具 歯磨きセット はみが hamigaki-setto	棉被 布団 ふとん futon

吹風機 ドライヤー doraiyaa	潤絲精 リンス rinsu	淋浴 シャワー shawaa	小刀 ナイフ naifu

4 我要退房　↘　MP3 2-05

例句

我要退房。

チェックアウトします。

chekkuauto shimasu

這是什麼？

これは何(なん)ですか。

kore wa nan desuka

沒有使用迷你吧。

ミニバーは利用(りよう)していません。

minibaa wa riyooshite imasen

麻煩確認一下。

確認(かくにん)をお願(ねが)いします。

kakunin o onegaishimasu

麻煩我要刷卡。

カードでお願(ねが)いします。

kaado de onegai shimasu

請簽名。

サインしてください。

sain shite kudasai

多謝關照。

お世話(せわ)になりました。

osewa ni narimashita

請給我收據。

領収書(りょうしゅうしょ)をください。

ryooshuusho o kudasai

好用單字

冰箱	明細	稅金	服務費
冷蔵庫(れいぞうこ)	明細(めいさい)	税金(ぜいきん)	サービス料(りょう)
reezooko	meesai	zeekin	saabisuryoo
迷你酒吧	收據	電話費	傳真費用
ミニバー	領収書(りょうしゅうしょ)	電話代(でんわだい)	ファックス代(だい)
mini-baa	ryooshuu-sho	denwa-dai	fakkusu dai

① 老闆！仙貝一盒多少錢 MP3 2-06

□□□□ 多少錢？

名詞＋数量＋いくらですか。
ikura desuka

豆沙糯米飯糰／兩個
おはぎ／二(ふた)つ
ohagi　futatsu

麻薯／三個
おもち／三(みっ)つ
omochi　mittsu

仙貝／一盒
お煎餅(せんべい)／一箱(ひとはこ)
osenbee　hitohako

紅豆烤餅／四個
どら焼(や)き／四(よっ)つ
dorayaki　yottsu

這個／一個
これ／一(ひと)つ
kore　hitotsu

蘋果／一堆
りんご／一山(ひとやま)
ringo　hitoyama

花／一束
花(はな)／一束(ひとたば)
hana　hitotaba

茄子／一盤
ナス／一皿(ひとさら)
nasu　hitosara

雨傘／一支
かさ／一本(いっぽん)
kasa　ippon

刨冰／一份
かき氷(ごおり)／一(ひと)つ
kakigoori　hitotsu

秋刀魚／一盤
さんま／一皿(ひとさら)
sanma　hitosara

麻薯丸子／兩串

お団子／二串
<small>だんご　　ふたくし</small>

odango　　futakushi

烤章魚／一盒

たこ焼き／一箱
<small>や　　　ひとはこ</small>

takoyaki　　hitohako

礦泉水／一瓶

ミネラルウォーター／一本
<small>いっぽん</small>

mineraruootaa　　ippon

葡萄／一盒

ぶどう／一箱
<small>ひとはこ</small>

budoo　　hitohako

罐裝啤酒／一罐

缶ビール／一つ
<small>かん　　　　　ひと</small>

kan-biiru　　hitotsu

紙巾／一包

ティッシュ／一つ
<small>ひと</small>

tisshu　　hitotsu

例句

歡迎光臨。

いらっしゃいませ。

irasshai mase

可以試吃嗎？

試食してもいいですか。
<small>ししょく</small>

shishokushitemo ii desuka

這個請給我一盒。

これをワンパックください。

kore o wanpakku kudasai

算我便宜一點嘛。

まけてくださいよ。

makete kudasaiyo

再買一個。

もう一つ買います。
<small>ひと　　か</small>

moo hitotsu kaimasu

全部多少錢？

全部でいくらですか。
<small>ぜんぶ</small>

zenbu de ikura deuska

有沒有更便宜的？

もっと安いのはありますか。
<small>やす</small>

motto yasuinowa arimasuka

這好吃嗎？

これは、おいしいですか。

kore wa oishii desu ka

② 給我漢堡　MP3 2-07

給我 ▢▢▢ 。

名詞＋ください。
kudasai

漢堡	可樂	薯條	熱狗
ハンバーガー	コーラ	フライドポテト	ホットドッグ
hanbaagaa	koora	furaidopoteto	hotto-dogu

沙拉	果汁	咖啡	蕃茄醬
サラダ	ジュース	コーヒー	ケチャップ
sarada	juusu	koohii	kechappu

例句

可樂中杯。

コーラは^{エム}Mです。
koora wa emu desu

在這裡吃。

ここで食べます。
koko de tabemasu

外帶。

テイクアウトします。
teikuauto shimasu

全部多少錢？

全部でいくらですか。
zenbu de ikura desuka

請給我大的。

大きいのをください。
ookii noo kudasai

我要附咖啡。

コーヒーを付けてください。
koohii o tsukete kudasai

也給我砂糖跟奶精。

砂糖とミルクもください。
satoo to miruku mo kudasai

有餐巾嗎？

ナプキンはありますか。
napukin wa arimasuka

3 便當幫我加熱 ↘ MP3 2-08

例句

便當要加熱嗎?

お弁当を温めますか。
obentoo o atatamemasuka

幫我加熱。

温めてください。
atatamete kudasai

需要筷子嗎?

お箸は要りますか。
ohashi wa irimasuka

收您一千日圓。

千円お預かりします。
senen oazukari shimasu

找您兩百日圓。

2百円のおつりです。
nihyakuen no otsuri desu

需要湯匙嗎?

スプーンは要りますか。
supuun wa irimasuka

麻煩您。

お願いします。
onegai shimasu

果汁在哪裡?

ジュースはどこですか。
juusu wa dokodesuka

請給我70日圓的郵票。

70円切手をください。
nanajuuenn kitte o kudasai

便利商店

コンビニ
konbini

好用單字

收銀台	果汁	袋子	零錢
レジ	ジュース	袋	おつり
reji	juusu	fukuro	otsuri
打折扣	碗麵	小點心	保特瓶
おまけ	カップラーメン	スナック菓子	ペットボトル
omake	kappu-raamen	sunakku-kashi	petto-botoru

4 這附近有拉麵店嗎 MP3 2-09 附近有 ▢▢ 嗎？

近_{ちか}くに＋商店＋はありますか。

chikaku ni　　　　　　wa arimasuka

拉麵店
ラーメン屋_や
raamen-ya

壽司店
寿司屋_{すしや}
sushi-ya

開放式咖啡店
オープンカフェ
oopun-kafe

闔家餐廳
ファミリーレストラン
famirii-resutoran

義大利餐廳
イタリア料理店_{りょうり てん}
itaria-ryoori-ten

印度餐廳
インド料理店_{りょうり てん}
indo-ryoori-ten

中華料理店
中華料理店_{ちゅうかりょうり てん}
chuuka-ryoori-ten

牛丼店
牛丼屋_{ぎゅうどんや}
gyuudon-ya

烤肉店
焼き肉屋_{や にくや}
yakiniku-ya

日本料理店
日本料理店_{に ほんりょうり てん}
nihon-ryoori-ten

印度餐廳
インド料理屋_{りょうり や}
indo-ryoori-ya

迴轉壽司店
回転寿司_{かいてん ず し}
kaiten-zushi

料亭（日本傳統料理店）
料亭_{りょうてい}
ryootee

比薩店
ピザ屋_や
peza-ya

例句

有炸蝦魚店嗎？

てんぷら屋はありますか。

tenpura-ya wa arimasuka

地方在哪裡？

場所はどこですか。

basho wa doko desuka

價錢多少？

値段はどれくらいですか。

nedan wa dorekurai desuka

想吃壽司。

寿司が食べたいです。

sushi ga tabe tai desu

好吃嗎？

おいしいですか。

oishii desuka

什麼好吃呢？

何がおいしいですか。

naniga oishii desuka

你推薦什麼？

お勧めはなんですか。

osusume wa nandesuka

我的旅遊小筆記

5 今晚七點二人　MP3 2-10　在

時間＋で＋人数＋です。
de　　　desu

今晚7點／兩人
今晚 7 時／二人
こんばんしちじ　ふたり
konban shichiji futari

明晚8點／四人
明日の夜八時／四人
あした　よるはちじ　よにん
ashita no yoru hachiji yonin

今天6點／三個人
今日の6時／三人
きょう　ろくじ　さんにん
kyoo no rokuji sannin

星期六8點／十個人
土曜日の8時／10人
どようび　はちじ　じゅうにん
doyoobi no hachiji juunin

例句

我姓李。
李と申します。
り　もう
ri to mooshimasu

套餐多少錢？
コースはいくらですか。
koosu wa ikura desuka

請給我靠窗的座位。
窓側の席をお願いします。
まどがわ　せき　ねが
madogawa no seki o onegai shimasu

請傳真地圖給我。
地図をファックスしてください。
ちず
chizu o fakkusu shite kudasai

也有壽喜燒嗎？
すきやきもありますか。
sukiyaki mo arimasuka

也能喝酒嗎？
お酒も飲めますか。
さけ　の
o-sake mo nomemasuka

從車站很近嗎？
駅から近いですか。
えき　ちか
eki kara chikai desuka

請多多指教。
よろしくお願いします。
ねが
yoroshiku onegai shimasu

6 我姓李，預約七點 ↘ MP3 2-11

例句

我姓李，預約7點。

李です。7時に予約してあります。

ri desu, shichiji ni yoyakushite arimasu

四人。

4人です。

yonin desu

有非吸煙區嗎？

禁煙席はありますか。

kinenseki wa arimasuka

沒有預約。

予約してありません。

yoyakushite arimasen

要等多久？

どれくらい待ちますか。

dorekurai machimasuka

有很多人嗎？

混んでいますか。

konde imasuka

那麼，我下次再來。

では、またにします。

dewa, mata ni shimasu

那麼，我等。

では、待ちます。

dewa, machimasu

有靠窗的位子嗎？

窓際はあいていますか。

mado giwa wa aite imasuka

好用單字

吸煙區	包廂	席位已滿	有位子
きつえんせき 喫煙席	こしつ 個室	まんいん 満員	あ 空く
kitsuen seki	koshitsu	manin	aku
餐桌	櫃臺	兩人座位	四人座位
テーブル	カウンター	ふたりせき 二人席	よにんせき 四人席
teeburu	kauntaa	futari seki	yonin seki

7 我要點菜 ↘ MP3 2-12

例句

請給我菜單。
メニューを見せてください。
menyuu o misete kudasai

我要點菜。
注文をお願いします。
chuumon o onegai shimasu

推薦菜是什麼？
お勧め料理は何ですか。
osusume-ryoori wa nan desuka

這是什麼樣的菜？
これは、どんな料理ですか。
kore wa, donna ryoori desuka

是魚還是肉？
魚ですか。肉ですか。
sakana desuka.niku desuka

有什麼點心？
デザートは、何がありますか。
dezaato wa, nani ga arimasuka

那麼我要這個。
では、これにします。
dewa, kore ni shimasu

麻煩兩個B套餐。
Bコースを二つ、お願いします。
bii-koosu o futatsu, onegai shimasu

我要 ＿＿＿＿＿＿ 。

料理＋にします。
ni shimasu

壽司
寿司
sushi

天婦羅套餐
天ぷら定食
tenpura teeshoku

涮涮鍋

しゃぶしゃぶ

shabushabu

壽喜燒

すきやき

sukiyaki

炸豬排

かつどん

katsudon

黑輪

おでん

oden

鰻魚飯

うな重
 じゅう

unajuu

烏龍麵

うどん

udon

拉麵

ラーメン

raamen

手捲

手巻き
 て ま

temaki

豬排飯

カツ丼
  どん

katsudon

梅花套餐

梅定食
うめていしょく

ume teeshoku

A套餐

Aコース

ee koosu

那個

それ

sore

我要 ⬚ 。

料理＋にします。
ni shimasu

比薩
ピザ
piza

義大利麵
スパゲッティ
supagetti

燒賣
シューマイ
shuumai

烤肉
焼き肉
yaki-niku

韓國泡菜
キムチ
kimuchi

印度咖哩
インドカレー
indo-karee

北京烤鴨
北京ダック
pekin-dakku

牛排
ステーキ
suteeki

三明治
サンドイッチ
sandoicchi

蛋包飯
オムライス
omu-raisu

那個
それ
sore

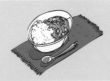

咖哩飯
カレーライス
karee-raisu

8 要飲料　MP3 2-13　飲料呢？

烏龍茶
ウーロン茶
uuron-cha

Q: お飲み物は？
o-nomimono wa

紅茶
紅茶
koocha

給我 _____ 。

A: 飲料＋をください。
o kudasai

咖啡
コーヒー
koohii

柳橙汁
オレンジジュース
orenji-juusu

濃縮咖啡
エスプレッソ
esupuresso

卡布奇諾
カプチーノ
kapuchiino

檸檬茶
レモンティー
remon-tii

奶茶
ミルクティー
miruku-tii

冰紅茶
アイスティー
aisu-tii

七喜
セブンアップ
sebunappu

檸檬汽水
レモンサイダー
remon-saidaa

咖啡歐雷
カフェオレ
kafe-ore

可樂
コーラ
koora

可可亞
ココア
kokoa

您要甜點嗎？

**Q: デザートはいかが
ですか？**

dezaato wa ikaga desuka

給我 ⬜⬜⬜⬜⬜ 。

A: 甜點＋をください。
o kudasai

布丁
プリン
purin

蛋糕
ケーキ
keeki

聖代
パフェ
pafe

冰淇淋
アイスクリーム
aisu-kuriimu

霜淇淋
ソフトクリーム
sofuto-kuriimu

日式櫻花糕點
さくらもち
桜餅
sakura-mochi

羊羹
ようかん
yookan

紅豆蜜
あんみつ
anmitsu

三色豆沙糯米糰子
さんしょく
3色おはぎ
sanshoku-ohagi

例句

飲料跟餐點一起上，還是飯後送？

お飲み物は食事と一緒
o-nomi-mono wa shokuji to issho
ですか。食後ですか。
desuka. shokugo desuka

請飯後再上。

食後にお願いします。
shokugo ni onegai shimasu

麻煩一起送來。

一緒にお願いします。
issho ni onegai shimasu

要附奶精跟砂糖嗎？

ミルクと砂糖はつけますか。
miruku to satoo wa tsukemasuka

麻煩只要砂糖就好。

砂糖だけ、お願いします。
satoo dake, onegai shimasu

要幾個杯子？

グラスはいくつですか。
gurasu wa ikutsu desuka

我的旅遊小筆記

9 我們各付各的　　↘　MP3 2-14

例句

麻煩結帳。

お勘定をお願いします。
かんじょう　　　ねが

okanjoo o onegai shimasu

我們各付各的。

別々でお願いします。
べつべつ　　　ねが

betsubetsu de onegai shimasu

請一起結帳。

一緒でお願いします。
いっしょ　　　ねが

issho de onegai shimasu

這張信用卡能用嗎？

このカードは使えますか。
つか

kono kaado wa tsukaemasuka

我要刷卡。

カードでお願いします。
ねが

kaado de onegai shimasu

給你一萬日圓。

一万円でお願いします。
いちまんえん　　　ねが

ichiman-en de onegai shimasu

謝謝您的招待。

ご馳走様でした。
ち　そうさま

gochisoosama deshita

真是好吃。

おいしかったです。

oishikatta desu

好用單字

點菜	費用	現金	付錢
ちゅうもん	ひ よう	げんきん	はら
注文	費用	現金	払う
chuumon	hiyoo	genkin	harau

信用卡	收銀台	服務費	零錢
クレジットカード	レジ	りょう サービス料	おつり
kurejitto-kaado	reji	saabisu-ryoo	otsuri

1 我坐電車　MP3 2-15　　我想到 ⬜⬜⬜⬜⬜ 。

場所＋まできたいです。
made ikitai desu

新宿
しんじゅく
新宿
shinjuku

東京鐵塔
とうきょう
東京タワー
tookyoo-tawaa

（補）

東京晴空塔
とうきょう
東京スカイツリー
tookyoo- sukaiturii

東京灣
とうきょうわん
東京湾
tookyoo-wan

台場
だい ば
お台場
o-daiba

淺草
あさくさ
浅草
asakusa

富士電視
フジテレビ
fuji-terebi

澀谷車站	原宿車站	上野	青山一丁目
しぶ や えき	はらじゅくえき	うえ の	あおやまいっちょう め
渋谷駅	原宿駅	上野	青山一丁目
shibuya-eki	harajuku-eki	ueno	aoyama-icchoome
銀座	六本木	羽田	品川
ぎん ざ	ろっぽん ぎ	はね だ	しながわ
銀座	六本木	羽田	品川
ginza	ropponngi	haneda	shinagawa

下一班電車幾點？

次の電車は何時ですか。

tsugi no densha wa nanji desuka

秋葉原車站會停嗎？

秋葉原駅にとまりますか。

akihabara-eki ni tomarimasuka

在品川車站換車嗎？

品川駅で乗り換えますか。

shinagawa-eki de norikaemasuka

下一站哪裡？

次の駅はどこですか。

tsugino eki wa doko desuka

在哪裡換車？

どこで乗り換えますか。

doko de norikaemasuka

這輛電車往東京嗎？

この電車は、東京に行きますか。

kono densha wa, tookyoo ni ikimasuka

想去赤坂。

赤坂まで行きたいです。

akasaka made iki tai desu

在哪裡下車好呢？

どこで降りればいいですか。

doko de orireba ii desuka

車子
くるま
車
kuruma

新幹線
しんかんせん
新幹線
shinkansen

電車
でんしゃ
電車
densha

公車
バス
basu

三輪車
さんりんしゃ
三輪車
sanrinsha

連絡船
れんらくせん
連絡船
renraku-sen

計程車

タクシー

takushii

警車

パトカー

patokaa

消防車
しょうぼうしゃ
消防車

shooboosha

機車

バイク

baiku

腳踏車
じ てんしゃ
自転車

jitensha

貨車

トラック

torakku

船
ふね
船

fune

遊艇

フェリー

ferii

飛機
ひ こう き
飛行機

hikooki

直昇機

ヘリコプター

herikoputaa

小船

ボート

booto

單軌電車

モノレール

monoreeru

2 我坐公車　↘　MP3 2-16

例句

公車站在哪裡？

バス<ruby>停<rt>てい</rt></ruby>はどこですか。

basutee wa doko desuka

這台公車去東京車站嗎？

このバスは<ruby>東京駅<rt>とうきょうえき</rt></ruby>へ<ruby>行<rt>い</rt></ruby>きますか。

kono basu wa tookyoo-eki e ikimasuka

有往澀谷嗎？

<ruby>渋谷<rt>しぶや</rt></ruby>へは<ruby>行<rt>い</rt></ruby>きますか。

shibuya e wa ikimasuka

幾號公車能到？

<ruby>何番<rt>なんばん</rt></ruby>のバスが<ruby>行<rt>い</rt></ruby>きますか。

nanban no basu ga ikimasuka

東京車站在第幾站？

<ruby>東京駅<rt>とうきょうえき</rt></ruby>はいくつ<ruby>目<rt>め</rt></ruby>ですか。

tookyoo-eki wa ikutume desuka

在哪裡下車呢？

どこで<ruby>降<rt>お</rt></ruby>りたらいいですか。

doko de oritara ii desuka

到了請告訴我。

<ruby>着<rt>つ</rt></ruby>いたら<ruby>教<rt>おし</rt></ruby>えてください。

tsuitara oshiete kudasai

多少錢？

いくらですか。

ikura desuka

一千塊日幣可以嗎？

<ruby>千円札<rt>せんえんさつ</rt></ruby>でいいですか。

senen-satsu de ii desuka

小孩多少錢？

こどもはいくらですか。

kodomo wa ikura desuka

好用單字

路線圖	往	乘車券	門
<ruby>路線図<rt>ろせんず</rt></ruby>	<ruby>行<rt>い</rt></ruby>き	<ruby>乗車券<rt>じょうしゃけん</rt></ruby>	ドア
rosenzu	iki	jooshaken	doa
下一站	博愛座	吊環	搖晃
<ruby>次<rt>つぎ</rt></ruby>	<ruby>優先席<rt>ゆうせんせき</rt></ruby>	つり<ruby>革<rt>かわ</rt></ruby>	<ruby>揺<rt>ゆ</rt></ruby>れる
tsugi	yuusen-seki	tsuri-kawa	yureru

3 我坐計程車　MP3 2-17　請到 _____。

場所＋までおいします。
made onegai shimasu

王子飯店 プリンスホテル purinsu hoteru	上野車站 うえ の えき 上野駅 ueno-eki	這裡（拿紙給對方看） かみ み ここ（紙を見せる） koko kami o miseru
成田機場 なり た くうこう 成田空港 narita-kuukoo	六本木hills ろっぽん ぎ 六本木ヒルズ roppongi-hiruzu	國立博物館 こくりつはくぶつかん 国立博物館 kokuritsu-hakubutsukan

例句

到那裡要花多少時間？
そこまでどれくらいかかりますか。
soko made dorekurai kakarimasuka

路上塞車嗎
みち こ
道は、混んでいますか。
michi wa, konde imasuka

請向右轉。
みぎ ま
右に曲がってください。
migi ni magatte kudasai

前面右轉。
さき みぎ
その先を右へ。
sono saki o migi e

請在第三個轉角左轉。
みっ め かど ひだり ま
三つ目の角を左へ曲がってください。
mittsu-me no kado o hidari e magatte kudasai

請直走。
い
まっすぐ行ってください。
massugu itte kudasai

這裡就可以了。
ここでいいです。
koko de iidesu

請在那裡停車。
と
そこで停めてください。
soko de tomete kudasai

4 我要租車子 ↘ 2-18

我想租車。
車を借りたいです。
kuruma o karitai desu

小型車比較好。
小型の車がいいです。
kogata no kuruma ga ii desu

我想租那一部車。
あちらの車を借りたいです。
achira no kuruma o kari tai desu

保證金多少？
保証金はいくらですか。
hoshookin wa ikura desuka

有保險嗎？
保険はついていますか。
hoken wa tsuite imasuka

一天多少租金？
一日いくらですか。
ichinichi ikura desuka

車子故障了。
車が故障しました。
kuruma ga koshoo shimashita

這台車還你。
この車を返します。
kono kuruma o kaeshimasu

傍晚還車。
夕方に返します。
yuugata ni kaeshimasu

我要還車。
車を返却します。
kuruma o henkyaku shimasu

好用單字

租車	國際駕駛執照	契約書	破胎
レンタカー	国際運転免許証	契約書	パンク
rentakaa	kokusai-unten menkyo shoo	keeyakusho	panku
注意	安全開車	聯絡處	備胎
注意	安全運転	連絡先	スペアタイヤ
chuui	anzen-unten	renraku-saki	supea-taiya

5 糟糕！我迷路了 ↘ MP3 2-19

例句

我迷路了。

道に迷いました。

michi ni mayoi mashita

對不起，可以請教一下嗎？

すみませんが、ちょっと教えてください。

sumimasen ga,chotto oshiete kudasai

新宿要怎麼走呢？

新宿は、どう行けばいいですか。

shinjuku wa, doo ikeba ii desuka

請在下一個紅綠燈右轉。

次の信号を右に曲がってください。

tsugi no shingoo o migi ni magatte kudasai

南邊是哪一邊？

南はどちらですか。

minami wa dochira desuka

請告訴我車站怎麼走？

駅への道を教えてください。

eki eno michi o oshiete kudasai

上野車站在哪裡？

上野駅はどこですか。

ueno-eki wa doko desuka

請沿這條路直走。

この道をまっすぐ行ってください。

kono michi o massugu itte kudasai

上野車站在左邊。

上野駅は左側にあります。

ueno-eki wa hidarigawa ni arimsu

嗎？

名詞＋は＋形容詞＋ですか？
wa desuka

車站／遠

駅／遠い

eki tooi

那裡／近

そこ／近い

soko chikai

那條道路／寬廣

その道／広い

sono michi hiroi

前往方式／困難

行き方／難しい

iki-kata muzukashii

道路／容易辨認

道／わかりやすい

michi wakari yasui

115

① 我想看慶典 MP3 2-20

想 ＿＿＿＿＿ 。

煙火／看
花火を／見
hanabi o mi

名詞(を…)＋動詞＋たいです。
o　　　　　　tai desu

慶典／看
お祭を／見
omatsuri o mi

迪士尼樂園／去
ディズニーランドへ／行き
dizuniirando e iki

在游泳池／游泳
プールで／泳ぎ
puuru de o yogi

往山上／去
山へ／行き
yama e iki

日本料理／吃
日本料理を／食べ
nihon-ryoori o tabe

購物
買い物を／し
kai-mono o shi

例句

請給我地圖
地図をください。
chizu o kudasai

博物館現在有開嗎？
博物館は今開いていますか。
hakubutsukan wa ima aite imasuka

這裡可以買票嗎？
ここでチケットは買えますか。
koko de chiketto wa kaemasuka

名產店在哪裡？
みやげ物店はどこにありますか。
miyagemono-ten wa doko ni arimasuka

近代美術館在哪裡？
近代美術館はどこですか。
kindai-bijutsukan wa doko desuka

有沒有什麼好玩的地方呢？
なにか面白いところはありますか。
nanika omoshiroi tokoro wa arimasuka

有壯麗的寺廟嗎？
きれいなお寺はありますか。
kiree na o-tera wa arimasuka

請推薦一下飯店。
ホテルを紹介してください。
hoteru o shookai shite kudasai

2 我想看名勝 MP3 2-21

我要 _____ 。

名詞＋がいいです。
ga ii desu

歴史巡遊
れきし
歴史めぐり
rekishi-miguri

美術館巡遊
びじゅつかん
美術館めぐり
bijutsukan-meguri

名勝巡遊
めいしょ
名所めぐり
meesho-meguri

一日行程
いちにち
一日コース
ichinichi koosu

半天行程
はんにち
半日コース
hannichi-koosu

下午行程
ごご
午後コース
gogo koosu

例句

有附餐嗎？
しょくじ つ
食事は付きますか。
shokuji wa tsukimasuka

幾點回來？
なんじ もど
何時に戻りますか。
nanji ni modorimasuka

有中文導遊嗎？
ちゅうごくご
中国語のガイドはいますか。
chuugoku-go no gaido wa imasuka

要到什麼地方呢？
い
どんなところに行きますか。
donna tokoro ni ikimasuka

幾點出發？
しゅっぱつ なんじ
出発は何時ですか。
shuppatsu wa nanji desuka

在哪裡集合呢？
あつ
どこに集まればいいですか。
doko ni atsumareba ii desuka

有英文導遊嗎？
えいご
英語のガイドはいますか。
eego no gaido wa imasuka

哪個有趣呢？
おもしろ
どれが面白いですか。
dore ga omoshiroi desuka

3 這裡可以拍照嗎？ **MP3** 2-22 可以 ▢▢▢ 嗎？

名詞＋を＋動詞＋もいいですか。
o　　　　　mo ii desuka

相照
写真（しゃしん）／撮（と）って
shashin totte

煙抽
タバコ／吸（す）って
tabako sutte

箱子 打開
箱（はこ）／開（あ）けて
hako akete

這個 觸摸
これ／触（さわ）って
kore sawatte

聲音 放出
声（こえ）／出（だ）して
koe dashite

V8 拍攝
ビデオ／撮（と）って
bideo totte

例句

可以幫我拍照嗎？
写真（しゃしん）を撮（と）っていただけますか。
shashin o totte itadakemasuka

只要按這裡就行了。
ここを押（お）すだけです。
koko o osu dake desu

可以一起照張相嗎？
一緒（いっしょ）に写真（しゃしん）を撮（と）ってもいいですか。
issho ni shashin o tottemo ii desuka

麻煩再拍一張。
もう一枚（いちまい）お願（ねが）いします。
moo ichimai onegai shimasu

請把那個一起拍進去。
あれと一緒（いっしょ）に撮（と）ってください。
are to isho ni totte kudasai

4 這建築物真棒 MP3 2-23 ☐ 啊！

很棒的 畫
素敵な／絵
suteki na e

形容詞＋名詞＋ですね。
desune

很漂亮的 和服
綺麗な／着物
kiree na kimono

雄偉的 雕刻
立派な／彫刻
rippa na chookoku

大的 雕像
大きな／像
ooki na zoo

很棒的 建築物
すごい／建物
sugoi tatemono

很棒的 作品
すばらしい／作品
subarasii sakuhin

美麗的 陶瓷器皿
美しい／陶器
utsukushii tooki

例句

入場費多少？
入場料はいくらですか。
nyuujooryoo wa ikura desuka

有館內導遊服務嗎？
館内ガイドはいますか。
kannai gaido wa imasuka

幾點休館？
何時に閉館ですか。
nanji ni heekan desuka

小孩多少錢？
こどもはいくらですか。
kodomo wa ikura desuka

有中文說明嗎？
中国語の説明はありますか。
chuugokugo no setsumee wa arimasuka

我要風景明信片。
絵葉書がほしいです。
e-hagaki ga hoshii desu

119

5 給我大人二張 MP3 2-24

給我 ▢▢▢▢▢ 。

名詞＋数量＋お願（ねが）いします。
onegai shimasu

大人／十張
大人（おとな）／十（じゅう）枚（まい）
otona juumai

成人／兩張
大人（おとな）／二（に）枚（まい）
otona nimai

學生／一張
学生（がくせい）／一（いち）枚（まい）
gakusee ichimai

小孩／兩張
こども／二（に）枚（まい）
kodomo nimai

中學生／三張
中学生（ちゅうがくせい）／三（さん）枚（まい）
chuugakusee sanmai

例句

售票處在哪裡？
チケット売（う）り場（ば）はどこですか。
chiketto uriba wa doko desuka

學生有折扣嗎？
学生割引（がくせいわりびき）はありますか。
gakusee waribiki wa arimasuka

我要一樓的位子。
１階（いっかい）の席（せき）がいいです。
ikkai no seki ga ii desu

有沒有更便宜的座位。
もっと安（やす）い席（せき）はありますか。
motto yasui seki wa arimasuka

坐哪個位子比較好觀看呢？
どの席（せき）が見（み）やすいですか。
dono seki ga miyasui desuka

一張多少錢？
一枚（いちまい）いくらですか。
ichimai ikura desuka

請給我三張。
三枚（さんまい）ください。
sanmai kudasai

麻煩學生一張。
学生一枚（がくせいいちまい）、お願（ねが）いします。
gakusee ichimai onegai shimasu

6 我想聽演唱會 MP3 2-25

我想看 _____ 。

名詞＋を見たいです。
o mitai desu

音樂會
コンサート
konsaato

電影	映画 えいが eega
歌劇	オペラ opera
歌舞伎	歌舞伎 かぶき kabuki

例句

目前受歡迎的電影是哪一部？
今、人気のある映画は何ですか。
ima,ninki no aru eega wa nan desuka

會上映到什麼時候？
いつまで上演していますか。
itsumade jooen shite imasuka

下一場幾點上映？
次の上映は何時ですか。
tsugi no jooee wa nanji desuka

幾分前可以進場？
何分前に入りますか。
nanpun-mae ni hairimasuka

芭蕾舞幾點開演？
バレエの上演は何時ですか。
baree no jooen wa nanzi desuka

中間有休息嗎？
休憩はありますか。
kyuukee wa arimasuka

裡面可以喝果汁飲料嗎？
中でジュースを飲んでいいですか。
naka de juusu o nonde ii desuka

7 唱卡拉OK去囉　MP3 2-26　　　　多少？

数量＋いくらですか。
ikura desuka

一小時 いち じ かん 一時間 ichijikan	一個人 ひとり 一人 hitori	30分鐘 さんじゅっぷん 30分 sanjuppun	小孩／一個人 ひとり こども／一人 kodomo hitori	果汁／一瓶 ひと ジュース／一つ juusu hitotsu

例句

去唱卡拉OK吧！

カラオケに行きましょう。

karaoke ni ikimashoo

可以延長嗎？

延長はできますか。

enchoo wa dekimasuka

有什麼歌曲？

どんな曲がありますか。

donna kyoku ga arimasuka

我想唱SMAP的歌。

SMAPの歌を歌いたいです。

smap no uta o utai tai desu

接下來唱什麼歌？

次はなににしますか。

tsugi wa nani ni shimasuka

基本消費多少？

基本料金はいくらですか。

kihon-ryookin wa ikuradesuka

遙控器如何使用？

リモコンはどうやって使いますか。

rimokon wa dooyatte tsukaimasuka

我唱鄧麗君的歌。

私は、テレサ・テンを歌います。

watashi wa teresa-ten o utaimasu

一起唱吧!

一緒に歌いましょう。

issho ni utaimashoo

(8) 幫我算個命 ‧MP3 2-27

＿＿＿的＿＿＿如何？

**時間＋の＋名詞
はどうですか。**
no
wa doo desuka

今年／運勢
ことし　うんせい
今年／運勢
kotoshi unsee

明年／財運
らいねん　きんせんうん
来年／金銭運
rainen kinsen-un

這個月／工作運
こんげつ　しごとうん
今月／仕事運
kongetsu shigoto-un

這星期／
愛情運勢
こんしゅう　あいじょううん
今週／愛情運
konshuu aijoo-un

下星期／愛情運
らいしゅう　れんあいうん
来週／恋愛運
raishuu renai-un

例句

我出生於1972年9月18日
せんきゅうひゃくななじゅうにねんくがつじゅうはちにち う
１９７２年9月18日生まれです。
sen kyuuhyaku nanajuu ni nen kugatu juuhachinichi umaredesu

請幫我看看和男朋友合不合。
こいびと　あいしょう　み
恋人との相性を見てください。
koibito tono aishoo o mite kudasai

什麼時候會遇到白馬王子（白雪公主）？
あいて　あらわ
いつ相手が現れますか。
itsu aite ga arawaremasuka

問題能解決嗎？
もんだい　かいけつ
問題は解決しますか。
mondai wa kaiketsu shimasuka

可能結婚嗎？
けっこん
結婚できるでしょうか。
kekkon dekiru deshooka

幾歲犯太歲？
やくどし　なんさい
厄年は何歳ですか。
yaku-doshi wa nansai desuka

我是雞年生的。
わたし　とりどし
私は酉年です。
watashi wa toridoshi desu

可以買護身符嗎？
まも　か
お守りを買えますか。
omamori o kaemasuka

9 這附近有啤酒屋嗎？ **MP3** 2-28

附近有 [____] 嗎？

近_{ちか}くに＋場所＋はありますか。
chikaku ni　　　　　wa arimasuka

酒吧
バー
baa

夜店
ナイトクラブ
naito-kurabu

爵士酒吧
ジャズクラブ
jazu-kurabu

酒店
クラブ
kurabu

一杯小酒店
一杯_{いっぱい}飲_のみ屋_や
ippai nomi-ya

居酒屋
居酒屋_{いざかや}
izakaya

日式傳統料理店
料亭_{りょうてい}
ryootee

壽司店
すし屋_や
sushi-ya

路邊攤
屋台_{やたい}
yatai

啤酒屋
ビヤホール
biyahooru

給我 ⬚ 。

名詞 をください。
o kudasai

雞尾酒
カクテル
kakuteru

啤酒
ビール
biiru

紅葡萄酒
あか
赤ワイン
aka-wain

白葡萄酒
しろ
白ワイン
shiro-wain

日本清酒
に ほんしゅ
日本酒
nihon-shu

威士忌
ウィスキー
uisukii

白蘭地
ブランデー
burandee

香濱
シャンペン
shanpen

薑汁汽水
ジンジャーエール
zinjaaeeru

小酒菜
おつまみ
otsumami

例句

女性要2000日圓。

女性は2000円です。
じょせい　にせんえん

josee wa nisenen desu

要什麼下酒菜？

おつまみは何がいいですか。
なに

otsumami wa nani ga ii desuka

演奏什麼曲子？

どんな曲をやっていますか。
きょく

donna kyoku o yatte imasuka

喝葡萄酒吧！

ワインを飲みましょうか。
の

wain o nomimashooka

音樂不錯呢。

音楽がいいですね。
おんがく

ongaku ga ii desune

喜歡聽爵士樂。

ジャズを聴くのが好きです。
き　　す

jazu o kiku noga suki desu

來吧！乾杯！

乾杯しましょう。
かんぱい

kanpai shimashoo

點菜可以點到幾點？

ラストオーダーは何時ですか。
なんじ

rasutooodaa wa nanji desuka

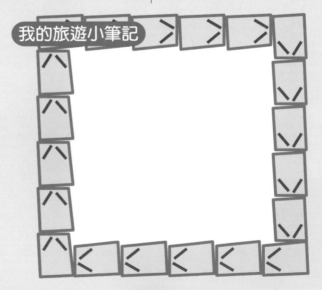

我的旅遊小筆記

10 哇！全壘打　↘　MP3 2-29

例句

今天有巨人的比賽嗎？

今日は巨人の試合がありますか。

kyoo wa kyojin no shiai ga arimasuka

哪兩隊的比賽？

どこ対どこの試合ですか。

doko tai doko no shiai desuka

請給我兩張一壘方面的座位。

一塁側の席を２枚ください。

ichirui-gawa no seki o nimai kudasai

可以坐這裡嗎？

ここに座ってもいいですか。

koko ni suwattemo ii desuka

請簽名。

サインをください。

sain o kudasai

你知道那位選手嗎？

あの選手を知っていますか。

ano senshu o shitte imasuka

他很有人氣嘛！

彼は、人気がありますね。

kare wa ninki ga arimasune

啊！全壘打！

あ、ホームランになりました。

a,hoomuran ni narimashita

喝杯啤酒吧！

ビールを飲みましょう。

biiru o nomimashoo

教練	三振	夜間棒球賽
監督	三振	ナイター
kantoku	sanshin	naitaa

好用單字

棒球場
野球場
yakyuu-joo

投手
ピッチャー
picchaa

捕手
キャッチャー
kyacchaa

打者
バッター
battaa

盗塁
盗塁
toorui

全壘打
ホームラン
hoomuran

1 我要一條裙子　MP3 2-30

在找 ＿＿＿＿＿ 。

衣服＋を探（さが）しています。
o sagashite imasu

西裝
スーツ
suutsu

裙子
スカート
sukaato

連身裙
ワンピース
wanpiisu

牛仔褲
ジーンズ
ziinzu

褲子
ズボン
zubon

輕便襯衫
カジュアルなシャツ
kajuaru na shatsu

T恤
Tシャツ
t shatsu

Polo襯衫
ポロシャツ
poro-shatsu

女用襯衫
ブラウス
burausu

毛衣
セーター
seetaa

夾克
ジャケット
jaketto

外套
コート
kooto

內衣
下着（したぎ）
shitagi

游泳衣
水着
mizugi

背心
ベスト
besuto

領帶
ネクタイ
nekutai

帽子
帽子
booshi

襪子
ソックス
sokkusu

太陽眼鏡
サングラス
san-gurasu

例句

婦女服飾賣場在哪裡？
婦人服売り場はどこですか。
fujinfuku uriba wa doko desuka

這個如何？
こちらはいかがですか。
kochira wa ikaga desuka

這條褲子如何？
このズボンはどうですか。
kono zubon wa doo desuka

有大號的嗎？
大きいサイズはありますか。
ookii saizu wa arimasuka

想要棉製品的。
綿のがほしいです。
men noga hoshii desu

可以用洗衣機洗嗎？
洗濯機で洗えますか。
sentakuki de araemasuka

蠻耐穿的樣子嘛！
丈夫そうですね。
joobu soo desune

顏色不錯嘛！
いい色ですね。
ii iro desune

2 可以試穿一下嗎？ MP3 2-31

可以 [ ] 嗎？

試穿	戴戴看
しちゃく 試着して	かぶってみて
shichakushite	kabutte mite

摸	配戴看看
さわ 触って	つけてみて
sawatte	tsukete mite

套套看	
ちょっとはおって	
chotto haotte	

動詞＋もいいですか。
mo ii desuka

例句

那個讓我看一下。
み
それを見せてください。
sore o misete kudasai

有點小呢。
ちい
ちょっと小さいですね。
chotto chiisai desune

有沒有白色的。
しろ
白いのはありませんか。
shiroi no wa arimasenka

這是麻嗎？
あさ
これは麻ですか。
kore wa asa desuka

需要乾洗嗎？
せんたく
洗濯はドライですか。
sentaku wa dorai desuka

我要紅的。
あか
赤いのがほしいです。
akai noga hoshii desu

太花俏了。
は で
ちょっと派手ですね。
chotto hade desune

有沒有再柔軟一些的？
すこ やわ
もう少し柔らかいのはないですか。
moo sukoshi yawarakai nowa nai desuka

那個也讓我看看。
み
そちらも見せてください。
sochira mo misete kudasai

啊呀！這個不錯嘛！
ああ、これはいいですね。
aa,kore wa ii desune

我喜歡。
き い
気に入りました。
ki ni irimashita

③ 我要這一件 ↘ MP3 2-32

例句

有點長。

ちょっと<ruby>長<rt>なが</rt></ruby>いです。

chotto nagai desu

長度可以改短一點嗎？

<ruby>丈<rt>たけ</rt></ruby>をつめられますか。

take o tsumeraremasuka

顏色不錯呢。

<ruby>色<rt>いろ</rt></ruby>がいいですね。

iro ga ii desune

非常喜歡。

とても<ruby>気<rt>き</rt></ruby>に<ruby>入<rt>い</rt></ruby>りました。

totemo ki ni irimashita

我要這個。

これにします。

kore ni shimasu

我要買。

<ruby>決<rt>き</rt></ruby>めました。

kimemashita

我買這個。

これをいただきます。

kore o itadakimasu

請給我紅色的。

<ruby>赤<rt>あか</rt></ruby>いほうをください。

akai hoo o kudasai

請幫我改一下袖子的長度。

<ruby>袖<rt>そで</rt></ruby>の<ruby>長<rt>なが</rt></ruby>さを<ruby>直<rt>なお</rt></ruby>してほしいです。

sode no nagasa o naoshite hoshii desu

好用單字

	白色 しろ 白 shiro		紅色 あか 赤 aka
	黑色 くろ 黒 kuro		藍色 あお 青 ao

	綠色 みどり 緑 midori		黃色 き いろ 黄色 kiiro
	褐色 ちゃいろ 茶色 chairo		灰色 グレー guree
	粉紅色 ピンク pinku		橘黃色 いろ オレンジ色 orenzi-iro
	紫色 むらさき 紫 murasaki		水藍色 みずいろ 水色 mizuiro
	條紋 ストライプ sutoraipu		格子 チェック chekku

	花卉圖案 はな も よう 花模様 han-moyoo		沒有花紋 む じ 無地 muzi		水珠花樣 みずたま 水玉 mizutama

鞋子尺寸比較

台灣	4 1/2	5	5 1/2	6	6 1/2	7	7 1/2	8	8 1/2	9	9 1/2	10	10 1/2
日本	22	22.5	23	23.5	24	24.5	25	25.5	26	26.5	27	27.5	28

4 我要買涼鞋 MP3 2-33 想要 ⬜⬜⬜ 。

輕便運動鞋
スニーカー
suniikaa

鞋子＋がほしいです。
ga hoshii desu

涼鞋
サンダル
sandaru

無帶淺口有跟女鞋
パンプス
panpusu

無後跟的女鞋
ミュール
myuuru

高跟鞋
ハイヒール
haihiiru

短馬靴
ショートブーツ
shooto-buutsu

登山鞋
トレッキングシューズ
torekkingu-shuuzu

靴子
ブーツ
buutsu

網球鞋
テニスシューズ
tenisu-shuuzu

木屐
下駄（げた）
geta

太 ⬜⬜⬜ 。

形容詞＋すぎます。
sugimasu

大	小	長	短	緊	鬆	高	低
おお	ちい	なが	みじか			たか	ひく
大き	小さ	長	短	きつ	ゆる	高	低
ooki	chiisa	naga	mijika	kitsu	yuru	taka	hiku

133

5 就給我這一雙　MP3 2-34

我要 ____ 的。

形容詞の（なの）＋がいいです。
no (nano)　ga ii desu

牢固、堅固	鞋跟很高	咖啡色
じょうぶ 丈夫	たか ヒールが高い	ちゃいろ 茶色い
joobu	hiiru ga takai	chairoi

小	亮晶晶	白色	黑
ちい 小さい	ぴかぴか	しろ 白い	くろ 黒い
chiisai	pikapika	shiroi	kuroi

例句

有點緊。	最受歡迎的是哪一雙？
ちょっときついです。	いちばんにんき 一番人気なのはどれですか。
chotto kitsui desu	ichiban ninki nano wa dore desuka

鞋帶可以調整的。	這是現在流行的款式。
ちょうせい ひもを調整できます。	いま これが今はやりです。
himo o choosee dekimasu	kore ga ima hayari desu

蠻好走路的。	鞋跟太高了。
ある 歩きやすいですね。	たか ヒールが高すぎます。
aruki yasui desune	hiiru ga taka sugimasu

請給我這一雙。	我決定買這一雙。
これをください。	き これに決めました。
kore o kudasai	kore ni kimemashita

6 我要買土產送人　MP3 2-35　給我 ☐ 。

数量＋ください。
kudasai

一個 ひと 一つ hitotsu	一張 いちまい 一枚 ichimai	一條 いっぽん 一本 ippon	一個 いっこ 一個 ikko	一台 いちだい 一台 ichidai	一本（書） いっさつ 一冊 issatsu

例句

有沒有適合送人的名產？
お土産にいいのはありますか。
omiyage ni ii no wa arimasuka

有招財貓嗎？
招き猫がありますか。
maneki-neko ga arimasuka

請包漂亮一點。
きれいに包んでください。
kiree ni tsutsunde kudasai

這點心看起來很好吃。
このお菓子はおいしそうです。
kono okashi wa oishi soo desu

請分開包裝。
別々に包んでください。
betsubetsu ni tsutsunde kudasai

哪一個較受歡迎？
どれが人気ありますか。
dore ga ninki arimasuka

請給我這饅頭。
この饅頭をください。
kono manjuu o kudasai

你認為哪個好呢？
どれがいいと思いますか。
dore ga ii to omoimasuka

給我同樣的東西8個。
同じものを八つください。
onaji mono o yattsu kudasai

7 便宜點啦 MP3 2-36

請 　　　　　。

形容詞＋してください。
shite kudasai

便宜 やす 安く yasuku	快 はや 早く hayaku	（弄）小 ちい 小さく chiisaku
（弄）好提 も 持ちやすく mochi yasuku	（弄）漂亮 きれいに kiree ni	再便宜一些 すこ　　やす もう少し安く moo sukoshi yasuku

例句

太貴了。
たか
高すぎます。
takasugimasu

2000日圓就買。
に せんえん　　　か
2000円なら買います。
nisenen nara kaimasu

最好是1萬日圓以內的東西。
いちまんえん い ない　もの
1万円以内の物のがいいです。
ichimanen inai no mono ga ii desu

那麼就不需要了。
それでは、いりません。
soredewa,irimasen

可以打一些折扣嗎？
すこ
少しまけてもらえませんか。
sukoshi makete moraemasenka

貴了一些。
たか
ちょっと高いですね。
chotto takai desune

預算不足。
よ さん　　た
予算が足りません。
yosan ga tarimasen

我會再來。
き
また来ます。
mata kimasu

8 我要刷卡　　　　MP3 2-37

刷卡	カード kaado
現金	現金（げんきん） genkin
旅行支票	トラベラーズチェック toraberaazu-chekku
這個	これ kore

要如何付款？

Q:お支払（しはら）いはどうな
oshiharai wa doo
さいます。
nasaimasu

麻煩我用 ▢ 。

A: 名詞＋でお願（ねが）いします。
　　 de onegai shimasu

要分幾次付款？

Q:お支払（しはら）い回数（かいすう）は？
oshiharai kaisuu wa

▢ 。

A: 次数＋です。
　　 desu

一次 いっかい 一回 ikkai	一次付清 いっかつ 一括 ikkatsu	六次 ろっかい 六回 rokkai	十二次 じゅうにかい 十二回 juunikai

例句

在哪裡結帳？

レジはどこですか。
reji wa doko desuka

能用這張信用卡嗎？

このカードは使（つか）えますか。
kono kaado wa tsukaemasuka

請在這裡簽名。

ここにサインをお願（ねが）いします。
koko ni sain o onegai shimasu

筆在哪裡？

ペンはどこですか。
pen wa doko desuka

在這裡簽名嗎？

サインは、ここですか。
sain wa koko desuka

這樣可以嗎？

これでいいですか。
kore de ii desuka

137

(1) 我喜歡日本漫畫 MP3 2-38　我喜歡日本的 ＿＿＿＿＿＿ 。

慶典
まつり
お祭
omatsuri

日本の＋名詞＋が好きです。
に ほん　　　　　　　　す
nihon no　　　　　　　ga suki desu

庭園
ていえん
庭園
teeen

漫畫
まんが
漫画
manga

文化
ぶんか
文化
bunka

習慣
しゅうかん
習慣
shuukan

連續劇
ドラマ
dorama

和服
き もの
着物
kimono

茶道
さ どう
茶道
sadoo

花道
か どう
華道
kadoo

歌
うた
歌
uta

對日本的 ＿＿＿＿＿＿ 有興趣。

日本の＋名詞＋に興味があります。
に ほん　　　　　　　きょう み
nihon no　　　　　ni kyoomi ga arimasu

文化
ぶんか
文化
bunka

經濟
けいざい
経済
keezai

藝術
げいじゅつ
芸術
geejutsu

歷史
れきし
歴史
rekishi

運動
スポーツ
supootsu

繪畫
かいが
絵画
kaiga

瓷器
とうき
陶器
tooki

自然
し ぜん
自然
shizen

植物
しょくぶつ
植物
shokubutsu

演劇、戲劇
えんげき
演劇
engeki

2 到德島看阿波舞 MP3 2-39 在 ⬚⬚⬚ 有慶典。

場所＋で＋慶典＋があります。
de 　　　 ga arimasu

徳島阿波舞
とくしま　あわおど
徳島／阿波踊り
tokushima awa-odori

東京神田祭
とうきょうかんだまつり
東京／神田祭
tookyoo kanda-matsuri

札幌雪祭
さっぽろ ゆきまつり
札幌／雪祭
Sapporo yuki-matsuri

青森驅魔祭
あおもり　　　まつり
青森／ねぶた祭
aomori nebuta-matsuri

京都祇園祭
きょうと　　ぎおんまつり
京都／祇園祭
kyooto gion-matsuri

秋田燈籠祭
あきた　かんとうまつり
秋田／竿燈祭
akita kantoo-matsuri

博多天神祭
はか た
博多／どんたく
hakata dontaku

仙台七夕祭
せんだい たなばたまつり
仙台／七夕祭
sendai tanabata-matsuri

大阪天神祭
おおさか　　　　まつり
大阪／だんじり祭
oosaka danziri-matsuri

兵庫打架祭
ひょうご　　　　まつり
兵庫／けんか祭
hyoogo kenka-matsuri

例句

是什麼樣的慶典？

どんな祭ですか。

donna matsuri desuka

什麼時候舉行？

いつありますか。

itsu arimasuka

怎麼去？

どうやって行きますか。

dooyatte ikimasuka

哪個祭典有趣？

どの祭りが面白いですか。

dono matsuri ga omoshiroi desuka

有什麼節目？

何が見られますか。

nani ga miraremasuka

任何人都能參加嗎？

誰でも参加できますか。

dare demo sanka dekimasuka

漂亮嗎？

きれいですか。

kiree desuka

想去看看。

見に行きたいです。

mi ni iki tai desu

想去。

行ってみたいです。

itte mi tai desu

一起去吧！

一緒に行きましょう。

issho ni ikimashoo

明年一起去吧！

来年は行きましょうね。

rainen wa ikimashoone

3 日本街道好乾淨 ↘ MP3 2-40

例句

市容很乾淨。

町がきれいですね。

machi ga kiree desune

空氣很好。

空気がいいですね。

kuuki ga ii desune

庭院的花很可愛。

庭の花がかわいいですね。

niwa no hana ga kawaii desune

人很親切。

人が親切ですね。

hito ga shinsetsu desune

年輕人很時髦。

若者がおしゃれですね。

wakamono ga oshare desune

街道好乾淨喔！

道が清潔ですね。

michi ga seeketsu desune

老年人好親切喔！

老人が優しいですね。

roozin ga yasashii desune

大家都好認真喔！

みんな真面目ですね。

minna mazime desune

女性身材都好棒喔！

女性はスタイルがいいですね。

josee wa sutairu ga ii desune

穿著真有品味！

ファッションがすてきですね。

fasshon ga suteki desune

男人看起來蠻溫柔喔！

男性が優しそうですね。

dansee ga yasashi soo desune

小孩們很有精神喔！

こどもたちは元気ですね。

kodomo-tachi wa genki desune

街道好熱鬧喔！

街が賑やかですね。

machi ga nigiyaka desune

好用單字

山
やま
山
yama

海
うみ
海
umi

河川
かわ
川
kawa

湖
みずうみ
湖
mizuumi

瀑布
たき
滝
taki

田園
でんえん
田園
denen

草原
そうげん
草原
soogen

港口
みなと
港
minato

神社
じんじゃ
神社
jinja

城
しろ
城
shiro

1 唉呀！感冒了　↘　MP3 2-41

例句

想去看醫生。
医者に行きたいです。
isha ni ikitai desu

請叫醫生來。
医者を呼んでください。
isha o yonde kudasai

請叫救護車。
救急車を呼んでください。
kyuukyuu-sha o yonde kudasai

醫院在哪裡？
病院はどこですか。
byooin wa doko desuka

診療時間是幾點到幾點？
診察時間は何時から何時までですか。
shinsatsu-jikan wa nanzi kara nanzi made desuka

醫生在哪裡？
お医者さんはどこですか。
o-isha-san wa doko desuka

朋友倒下去了。
友だちが倒れました。
tomodachi ga taoremashita

有點發燒。
熱があります。
netsu ga arimasu

身體不舒服。
気分が悪いです。
kibun ga warui desu

好用單字

感冒
風邪
kaze

心臓病
心臓病
shinzoo-byoo

高血壓
高血圧
koo-ketsuatsu

糖尿病
糖尿病
toonyoo-byoo

胃潰瘍
い かいよう
胃潰瘍
ikaiyoo

肺炎
はいえん
肺炎
haien

花粉症
かふんしょう
花粉症
kafun-shoo

流行性感冒
インフルエンザ
infuruenza

氣喘
ぜんそく
zenzoku

盲腸炎
もうちょう ちゅうすいえん
盲腸（虫垂炎）
moochoo(chuusuien)

過敏
アレルギー
arerugii

骨折
こっせつ
骨折
kossetsu

挫傷
ねんざ
menza

便秘
べん ぴ
便秘
benpi

2 我有點發冷　　MP3 2-42　　怎麼了？

（想）吐
吐き気
<ruby>吐<rt>は</rt></ruby><ruby>気<rt>け</rt></ruby>
hakike

Q: どうしましたか？

doo shimashitaka

發冷
寒気
<ruby>寒<rt>さむ</rt></ruby><ruby>気<rt>け</rt></ruby>
samuke

感到　　　　　　。

A: 症状＋がします。

ga shimasu

頭暈　目眩
めまい
memai

頭疼　頭痛
ずつう
zutsu

耳鳴　耳鳴り
みみなり
miminari

我的旅遊小筆記

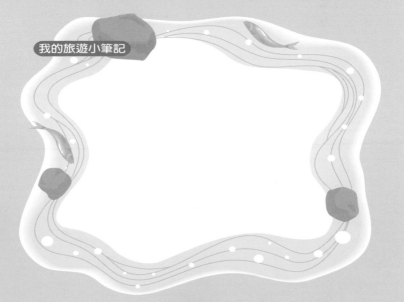

_____ 痛。

身体＋が痛いです。
ga itaidesu

頭
あたま
頭
atama

肚子
なか
お腹
onaka

手肘
うで
腕
ude

脚
あし
足
ashi

腰部
こし
腰
koshi

眼睛
め
目
me

耳朵
みみ
耳
mimi

膝蓋
ひざ
hiza

牙齒
は
歯
ha

喉嚨
のど
nodo

例句

會咳嗽。
せき で
咳が出ます。
seki ga demasu

不舒服。
きも わる
気持ちが悪いです。
kimochi ga warui desu

感冒了。
かぜ ひ
風邪を引きました。
kaze o hikimashita

打嗝打個不停。
と
しゃっくりが止まりません。
shakkuri ga tomarimasen

拉肚子。
げり
下痢をしています。
geri o shite imasu

沒有食慾。
しょくよく
食欲がありません。
shokuyoku ga arimasen

全身無力。
だるいです。
darui desu

發燒了。
ねつ
熱があります。
netsu ga arimasu

3 請張開嘴巴 ↘ MP3 2-43

例句

請躺下來。

横になってください。

yoko ni natte kudasai

請深呼吸。

深呼吸してください。

shinkokyuu shite kudasai

這裡會痛嗎？

この辺は痛いですか。

kono hen wa itai desuka

食物中毒。

食あたりですね。

shokuatari desune

請把衣服脫掉。

服を脱いでください。

fuku o nuide kudasai

感覺如何？

気分はどうですか。

kibun wa doo desuka

請張開嘴巴。

口を開けてください。

kuchi o akete kudasai

請讓我看看眼睛。

目を見せてください。

me o misete kudasai

開藥方給你。

薬を出します。

kusuri o dashimasu

塗上藥膏。

薬を塗ります。

kusuri o nurimasu

好用單字

好像發燒	很疲倦	流鼻水	打噴嚏
熱っぽい	だるい	鼻水	くしゃみ
netsuppoi	darui	khanamizu	kushami

咳嗽	紅腫	汗	疼痛	痰
せき	腫れる	汗	痛み	痰
seki	hareru	ase	itami	tan

4 一天吃三次藥 ↘ MP3 2-44

例句

一天請服三次藥。

薬は一日三回飲んでください。

kusuri wa ichinichi sankai nonde kudasai

請將這個軟膏塗抹在傷口上。

この軟膏を傷に塗ってくだい。

kono nankoo o kizu ni nutte kudasai

發燒時吃這包個藥。

熱が出たら飲んでください。

netsu ga detara nonde kudasai

是抗生素。

抗生物質です。

koosee-busshitsu desu

請在睡前吃藥。

寝る前に飲んでください。

neru mae ni nonde kudasai

我開三天份的藥。

薬を三日分出します。

kusuri o mikka bun dashimasu

請開診斷書給我。

診断書をお願いします。

shindansho o onegai shimasu

請在飯後服用。

食後に飲んでください。

shokugo ni nonde kudasai

會過敏嗎？

アレルギーはありますか。

arerugii wa arimasuka

這是漱口用藥。

これはうがい薬です。

kore wa ugai-gusuri desu

早中晚都要吃藥。

朝、昼、晩に飲んでください。

asa,hiru,ban ni nonde kudasai

請不要泡澡。

お風呂に入らないでくださいね。

o-furo ni hairanaide kudasaine

最好是戴上口罩。

マスクをつけた方がいいです。

masuku o tsuketa hoo ga ii desu

請多保重。

お大事に。

odaiji ni

1 我的護照丟了　　MP3 2-45　　_____不見了。

信用卡	クレジットカード kurezitto-kaado
包包	かばん kaban
月票	定期券（ていきけん） teeki-ken

物品＋をなくしました。
o nakushimashita

筆
ペン
pen

房間鑰匙
部屋の鍵（へやかぎ）
heya no kagi

相機
カメラ
kamera

行李箱
スーツケース
suutsu-keesu

護照
パスポート
pasupooto

萬用筆記本
手帳（てちょう）
techoo

機票
航空券（こうくうけん）
kookuuken

把_____忘在_____了。

場所＋に＋物＋を忘れました。（わす）
ni　　　　　o wasuremashita

電車／行李	房間／鑰匙	計程車／電腦	公車／皮包
電車／荷物（でんしゃ にもつ）	部屋／鍵（へや かぎ）	タクシー／パソコン	バス／バッグ
denshua nimotsu	heya kagi	takushii pasokon	basu baggu

飯店／名產		餐廳／錢包	保險箱／護照
ホテル／みやげ物（もの）		食堂／財布（しょくどう さいふ）	金庫／パスポート（きんこ）
hoteru miyage-mono		shokudoo saifu	kinko pasupooto

2 我錢包被偷了　　MP3 2-46　　　　　　被偷了。

物品＋を盗まれました。
ぬす
o nusumaremashita

錢包
さいふ
財布
saifu

信用卡
クレジットカード
kurejitto-kaado

行李箱
スーツケース
suutsu-keesu

戒指
ゆびわ
指輪
yubiwa

金融卡
キャッシュカード
kyasshu-kaado

金錢
かね
お金
o-kane

行李
にもつ
荷物
nimotsu

項鍊
ネックレス
nekkuresu

筆記型電腦
ノートパソコン
nooto-pasokon

手錶
うでどけい
腕時計
ude-dokee

犯人是 _____ 。

はんにん
犯人は＋人＋です。
hannin wa　　　　　desu

年輕男性
わか　おとこ
若い男
wakai otoko

矮個子的男性
せ　ひく　おとこ
背の低い男
see no hikui otoko

長髮的女性
かみ　なが　おんな
髪の長い女
kami no nagai onna

帶著眼鏡的女性
おんな
めがねをかけた女
megane o kaketa onna

戴眼鏡的男人
おとこ
めがねをかけた男
megane o kaketa otoko

四十歲左右的女人
よんじゅうだい　おんな
四十代の女
yonjuu-dai no onna

年輕女生
わか　おんな
若い女
wakai onna

瘦瘦的男人
や　おとこ
痩せた男
yaseta otoko

胖的女人
ふと　おんな
太った女
futotta onna

戴著帽子的女人
ぼうし　おんな
帽子をかぶった女
booshi o kabutta onna

穿青色西裝的男人
あお　せびろ　おとこ
青い背広の男
aoi sebiro no otoko

有鬍子的男人
ひげ　おとこ
髭のある男
hige no aru otoko

3 太好了！找到了！ ↘ MP3 2-47

例句

東西弄丟了。

落し物をしました。

otoshimono o shimashita

裡面有錢包和信用卡。

財布とカードが入っています。

saifu to kaado ga haitte imasu

請填寫遺失表格。

紛失届けを書いてください。

funshitutodoke o kaite kudasai

錢全部被拿去了。

お金を全部取られました。

o-kane o zenbu toraremashita

大概有十萬日圓在裡面。

10万円ぐらい入っていました。

juuman-en gurai haitte imashita

是黑色包包。

黒いかばんです。

kuroi kaban desu

希望能幫我打電話給發卡公司。

カード会社に電話してほしいです。

kaado gaisha ni denwashite hoshii desu

怎麼辦好？

どうしたらいいでしょう。

doo shitara ii deshoo

護照不見了。

パスポートがありません。

pasupooto ga arimasen

太好了，找到了。

あった。あった。

atta. atta

好用單字

警察	身分證	護照	金融卡	
警察	身分 証明書	パスポート	キャッシュカード	
keesatsu	mibun-shoomeesho	pasupooto	kyasshu-kaado	

聯絡	申請（書）	小偷	遺失	補發
連絡	届け	泥棒	紛失	再発行
renraku	todoke	doroboo	funshitsu	sai-hakkoo

たのしい
講得眉飛色舞
旅遊日語

PART 3

旅遊必備單字　↘

1 數字（一）

1	1（いち）	ichi
2	2（に）	ni
3	3（さん）	san
4	4（よん／し）	yon/ shi
5	5（ご）	go
6	6（ろく）	roku
7	7（なな／しち）	nana/ shichi
8	8（はち）	hachi
9	9（く／きゅう）	ku/ kyuu
10	10（じゅう）	juu
11	11（じゅういち）	juuichi
12	12（じゅうに）	juuni
13	13（じゅうさん）	juusan
14	14（じゅうよん／じゅうし）	juuyon/ juushi
15	15（じゅうご）	juugo
16	16（じゅうろく）	juuroku
17	17（じゅうしち／じゅうなな）	juushichi/ juunana
18	18（じゅうはち）	juuhachi
19	19（じゅうく／じゅうきゅう）	juuku/ juukyuu
20	20（にじゅう）	nijuu
30	30（さんじゅう）	sanjuu
40	40（よんじゅう）	yonjuu
50	50（ごじゅう）	gojuu
60	60（ろくじゅう）	rokujuu
70	70（ななじゅう）	nanajuu

80	80（はちじゅう）	hachijuu
90	90（きゅうじゅう）	kyuujuu
100	100（ひゃく）	hyaku
101	101（ひゃくいち）	hyakuichi
102	102（ひゃくに）	hyakuni
103	103（ひゃくさん）	hyakusan
200	200（にひゃく）	nihyaku
300	300（さんびゃく）	sanbyaku
400	400（よんひゃく）	yonhyaku
500	500（ごひゃく）	gohyaku
600	600（ろっぴゃく）	roppyaku
700	700（ななひゃく）	nanahyaku
800	800（はっぴゃく）	happyaku
900	900（きゅうひゃく）	kyuuhyaku
1000	1000（せん）	sen
2000	2000（にせん）	nisen
5000	5000（ごせん）	gosen
10000	10000（いちまん）	ichiman

2 數字（二）

一個	一つ（ひと）	hitotsu
二個	二つ（ふた）	futatsu
三個	三つ（みっ）	mittsu
四個	四つ（よっ）	yottsu
五個	五つ（いっ）	itsutsu
六個	六つ（むっ）	muttsu

七個	七つ	nanatsu
八個	八つ	yattsu
九個	九つ	kokonotsu
十個	十	too
幾個	いくつ	ikutsu

3 月份

一月	一月	ichigatsu
二月	二月	nigatsu
三月	三月	sangatsu
四月	四月	shigatsu
五月	五月	gogatsu
六月	六月	rokugatsu
七月	七月／七月	shichigatsu/nanagatsu
八月	八月	hachigatsu
九月	九月	kugatsu
十月	十月	juugatsu
十一月	十一月	juuichigatsu
十二月	十二月	juunigatsu
幾月	何月	nangatsu

4 星期

星期日	日曜日	nichiyoobi
星期一	月曜日	getsuyoobi
星期二	火曜日	kayoobi
星期三	水曜日	suiyoobi
星期四	木曜日	mokuyoobi
星期五	金曜日	kinyoobi

星期六	土曜日 （どようび）	doyoobi
星期幾	何曜日 （なんようび）	nanyoobi

5 時間

一點	一時 （いちじ）	ichiji
兩點	二時 （にじ）	niji
三點	三時 （さんじ）	sanji
四點	四時 （よじ）	yoji
五點	五時 （ごじ）	goji
六點	六時 （ろくじ）	rokuji
七點	七時 （しちじ）	shichiji
八點	八時 （はちじ）	hachiji
九點	九時 （くじ）	kuji
十點	十時 （じゅうじ）	juuji
十一點	十一時 （じゅういちじ）	juuichiji
十二點	十二時 （じゅうにじ）	juuniji
一點十五分	一時十五分 （いちじじゅうごふん）	ichijijuugofun
一點三十分	一時三十分 （いちじさんじゅっぷん）	ichijisanjuppun
一點四十五分	一時四十五分 （いちじよんじゅうごふん）	ichijiyonjuugofun
兩點十五分	二時十五分 （にじじゅうごふん）	nijijuugofun
兩點半	二時半 （にじはん）	nijihan
兩點四十五分	二時四十五分 （にじよんじゅうごふん）	nijiyonjuugofun
三點半	三時半 （さんじはん）	sanjihan
四點半	四時半 （よじはん）	yojihan
五點半	五時半 （ごじはん）	gojihan
六點十五分前	六時十五分前 （ろくじじゅうごふんまえ）	rokujijuugofun-mae
七點整	七時ちょうど （しちじ）	shichiji-choodo

八點過五分	八時五分過ぎ	hachiji gofun-sugi
幾點幾分	何時何分	nanji napun

 日本文化

1 文化及社會

花道	華道	kadoo
藝術	芸術	geejutsu
藝能	芸能	geenoo
香道	香道	koodoo
茶道	茶道	sadoo
盆栽	盆栽	bonsai
盆石、盆景	盆石	bonseki
日本歌舞伎	歌舞伎	kabuki
能樂	能楽	noogaku

2 日本慶典

成人儀式	成人式	seejin-shiki
綠色紀念日	緑の日	midori no hi
盂籃節	お盆祭り	o-bon-matsuri
七夕	七夕祭り	tanabata-matsuri
煙火節	花火祭り	hanabi-matsuri
新年	お正月	o-shoogatsu
敬老節	敬老の日	keeroo no hi
憲法節	憲法の日	kenpoo no hi
體育節	体育の日	taiiku no hi
祇園祭典	祇園祭り	gion-matsuri
扛神轎	御神輿	o-mikoshi
盛岡 SANSA 舞蹈	盛岡さんさ踊り	morioka sansa-odori

草津溫泉節	草津温泉祭	kusatsu onsen-matsuri
江之島煙火大會	江の島花火大会	enoshima hanabi-taikai
萬燈節	万灯祭	mantoo-matsuri
燈籠祭典	竿燈まつり	kantoo-matsuri
青森驅魔祭	青森ねぶた祭	aomori nebuta-matsuri
WASSHOI 百萬夏日節	わっしょい百万夏まつり	wasshoi hyakumanatsu-matsuri
火之國節	火の国まつり	hinokuni-matsuri

3 日本街道

工商業集中地區	下町	shitamachi
日本橋	日本橋	nihon-bashi
和服商店	呉服屋	gofuku-ya
日式點心店	和菓子屋	wagashi-ya
便當店	弁当屋	bentoo-ya
便利商店	コンビニ	konbini
藥房	薬屋	kusuri-ya
海鮮店	魚屋	sakana-ya
肉店	肉屋	niku-ya
蔬果菜店	八百屋	yao-ya
商店街	商店街	shooten-gai
歌舞伎町	歌舞伎町	kabuki-choo
道路	通り	toori
一號街	一番町	ichiban-choo
古街	古道	kodoo
史蹟	史跡	shiseki
散步指南	ウォーキングの案内	uookingu no annai
街道地圖	町マップ	machi-mappu

MP3

日本語 基本 1600 會話

吉松由美
田中陽子 ◎合著

生活、旅遊、交友
用這本就夠啦！

附贈 QR碼+MP3

實用日語 03

■ 著者／吉松由美・田中陽子

■ 出版發行／山田社文化事業有限公司
　臺北市大安區安和路一段112巷17號7樓
　電話　02-2755-7622
　傳真　02-2700-1887

■ 郵政劃撥／19867160號　大原文化事業有限公司

■ 總經銷／聯合發行股份有限公司
　地址　新北市新店區寶橋路235巷6弄6號2樓
　電話　02-2917-8022
　傳真　02-2915-6275

■ 印刷／上鎰數位科技印刷有限公司

■ 法律顧問／林長振法律事務所　林長振律師

■ 書＋QR碼＋MP3／定價　新台幣360元

■ 初版／2022年1月

© ISBN：978-986-246-660-5
2022, Shan Tian She Culture Co., Ltd.

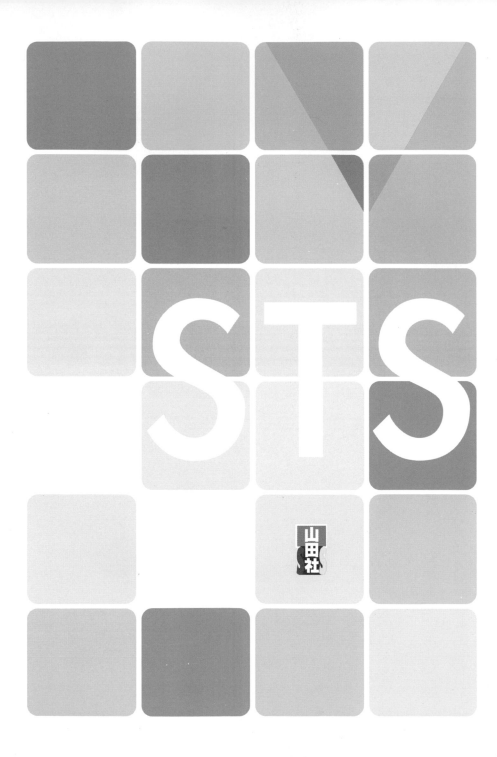